金鱼

Goldfish

[美] 雷蒙德·钱德勒 著
刘苏周 译

上海文艺出版社
上海故事会文化传媒有限公司

编委会

总策划 夏一鸣

主　编 黄禄善

副主编 高　健

编辑成员（按姓氏拼音为序）

蔡美凤　高　健　洪圣兰　胡　捷

黄禄善　吴　艳　夏一鸣　杨怡君　朱崟滢

名家导读

/ 刘苏周

  刘苏周（1976— ），男，安徽泗县人，文学博士，现为淮北师范大学外国语学院副教授，硕士生导师。主要研究兴趣集中于英美通俗文学、殖民与后殖民文学。近年来在国内各级刊物上发表论文十余篇，参编（著）教材4部、字典1部、独立翻译小说1部、独立校注小说1部，参与国家社科基金项目2项，主持安徽省社科基金项目2项。

  20世纪初，当人们还沉迷于英国"福尔摩斯式"古典推理侦探小说之际，大西洋彼岸正悄悄酝酿着一场侦探小说的"美国革命"。它发端于卡罗尔·戴利（Carroll John Daly,1889—1958）的《三枪特里》（Three Gun Terry, 1923），根源于全球经济大萧条带来的穷困与不幸，以及两次世界大战对美国社会和人性的扭曲。这一切都成了美国全新侦探小说看待现实世界的方式和哲学基础。

  这时期产生了一批有着和黄金时代完全不同的时代思潮的作家。他们大多从廉价杂志如《黑面具》（Black Mask）起家，笔下的侦探并不全能，却都堪称铮铮铁骨的硬汉，因此被称为"硬汉派"（Hard-Boiled

School)。他们一改古典式侦探小说的诸多俗套，在故事场景、情节设置、语言风格等方面进行了大胆革新——不但抛弃了"一具尸体、一点蛛丝马迹、人人看起来像凶手"的纯逻辑推理游戏，而且笔下的侦探也去除了"福尔摩斯的那种喜好音乐、在炉火边安乐椅上动口不动手的矫饰贵族气息"，成了一个个完全没有任何浪漫色彩的非知识型人物，除了工作，就是喝酒、抽烟、打牌。与此同时，他们强调的并非是一次犯罪的解决，而是整个社会的腐败，以及这种腐败给包括侦探本人在内的所有人的影响。基于这样的创作理念，小说的主题无疑要比古典式侦探小说显得更加深刻。在涌现出来的一大批优秀硬汉侦探小说作家中，雷蒙德·钱德勒被誉为硬汉派侦探小说的灵魂。

雷蒙德·钱德勒 (Raymond Thornton Chandler, 1888—1959) 出生于美国伊利诺伊州芝加哥的一个爱尔兰裔家庭。7岁时父母离异，钱德勒便随着母亲定居伦敦郊外。1905年，钱德勒离开伦敦达尔威奇 (Dulwich) 学院，在法国和德国学习商务。但由于钱德勒主要兴趣在文学和语言方面，回到英国后，钱德勒开始尝试写作。他先是做起了记者和自由撰稿人，为《每日快报》(Daily Express)、《威斯敏斯特报》(The Westminster Gazette) 和《观察家》(Spectator) 等报刊撰写诗歌和散文，其中大部分被收录在后来出版的《马洛之前的钱德勒：雷蒙德·钱德勒早期诗歌散文集》(Chandler Before Marlowe: Raymond Chandler's Early Prose and Poetry, 1973) 中。1912年是雷蒙德人生的转折点。那一年，他只身来到美国，不久又以美国公民的身份参加了第一次世界大战，先后服役于加拿大步兵和英国皇家空军。1919年退伍后，他在加利福尼亚的一家石油公司先后担任会计和经理。大萧条时期，为维持生计，他开始从事小说创作。1933年12月，他的第一篇小说《勒索者不开枪》(Blackmailers Don't Shoot)发表在《黑面具》上。此后的几年间，他陆续发表了十几个短篇小说，逐渐获得读者的认可。1939年起，他开始转向长篇小说创作。第一部长篇小说《长睡不醒》(The Big Sleep, 1939)的问世，不仅让钱德勒一举成名，而且标志着他个人创作风格的成熟以及美国硬派侦探小说发展的成型。此后，他相继发表了《别了，吾爱》(Farewell, My Lovely, 1940)、《高窗》(The High Window, 1942)、《湖中女子》(The Lady in the Lake, 1943)、《冗长的告别》(The Long Goodbye, 1953)等七部长篇小说和二十余部短篇小说，并凭借《冗长的告别》荣获埃德加最佳长篇侦探小说奖。1943年，他被邀请去了好莱坞，编剧、合作编剧了多部有影响力的电影，其中《双重保证》(Double Indemnity, 1944)、《蓝色的大丽花》(The Blue Dahlia, 1946)获得奥斯卡奖提名。1959年3月，钱德勒当选为美国侦探小说作家协会主席，遗憾的是，3月26日他便在圣迭戈与世长辞。

钱德勒算不上一位高产作家，但他的小说，尤其是20世纪30—40年代创作的"菲利普·马洛"(Philip Marlowe)系列小说，大多是硬派侦探小说的精品，在艺术上已经达到了较高的水准。在一篇带有硬汉派宣言性质的文章《简单的谋杀艺术》(The Simple Art of Murder, 1944)中，钱德勒不仅对传统古典侦探小说进行了抨击，更强调了硬派侦探小说的现实性：人物、场景和氛围必须真实，在开端和结尾处要有可信的动机，人物以及言行要在所处环境中可信，在谋杀和推理方式上要符合程序和技术等等。他以"硬汉派"风格提高了侦探小说的文学品质，不仅受到T.S.艾略特、加缪、钱锺书、村上春树等作家的推崇，更被誉为"犯罪小说的桂冠诗人"。他小说中快速推进的画面、机智幽默的对白、跌宕起伏的情节、真实可信的人物，迥异于古典推理式侦探小说。他塑造的私家侦探马洛更是被公认为侦探小说史上里程碑式的人物典范，对后世的硬派私人侦探小说创作产生了很大影响。

事实上，钱德勒对马洛的外表描述不多，只说他身高六尺，眼睛深灰，喜欢抽烟、喝酒，却又有点不近女色。钱德勒想要塑造的是一个全新的侦探英雄，一个具有高度使命感和荣誉感，将惩治罪恶、维护社会秩序的使命看得高于一切，并深深引以为豪的人。他在亚瑟王的传奇中找到了这样一个英雄——骑士。为了进一步体现马洛的骑士风范，钱德勒还刻意让他经历了许多"性"的磨难。几乎在每一本长篇小说中，都有关于漂亮女性吸引、诱惑他的细节描写。然而，马洛始终忠于自己的职责，不断抵挡她们的进攻。

马洛还是一位坚持传统道德操守的职业骑士。他为钱工作，却不为钱出卖灵魂。他对案件和当事人保持着极大的忠诚，一旦接受了委托，就必须对客户负责。即便是遭到了来自警方的警告，他也依旧坚持追查到底。面对这个邪恶、肮脏的世界，他不肯放弃对正义的渴望，愿意在正义和罪恶的张力中苦苦等待，同时又致力于创设一个更为美好的世界，一个在洛杉矶或者其他地方根本不存在的世界，这也注定了他与警察之间始终保持着一种复杂关系。

除了人物塑造之外，钱德勒最大的贡献在于他的独特风格。一方面，他在很大程度上依赖于可视化和客观的描述，将读者置于一个确定的时间和地点当中，让他们产生身临其境的感觉。另一方面，他尤为重视人物对话，并将其夸张地呈现为一种街头话语，让私家侦探和歹徒可以自由交谈。此外，他还擅长改变不同人物的语气、措辞和语法，以便符合人物的教育背景和身份地位。

不过，读者和批评家也时常会抱怨钱德勒小说的结尾有些过于突兀，令人难以信服。事实上，钱德勒本人对这一构思上的缺陷心知肚明。他曾不止一次地承认说："作为一个小说的构思者，我犯了一个可怕的错误。我让场景控制着人物，并且拒绝舍弃那些不适合的场景。我通常以普罗克鲁斯塔斯的床为结局。"然而，这些让人感到困惑的情节似乎也表明，犯罪和动机就像生活本身一样是非理性的，是无法给出清晰、合理的解释的。毕竟，马洛生活在一个异化的世界，一个完全不同于古典侦探所置身的永恒理性世界。

Contents

金鱼　1

西班牙血盟　69

红风　137

金鱼

一

那天,我没事可做,就在办公室不停地抖着腿。一阵和煦的微风从办公室的窗户吹进来时,小巷对面大厦酒店燃油炉中飘出的烟尘颗粒就开始在我书桌的玻璃面板上滚动,就像是一块空地上漂浮的花粉一般。

我刚想着去吃午饭,凯西·霍恩就来了。

凯西是一位身材高挑的金发女郎,整天无精打采、眼神忧伤。她原本是一名警察,可自打嫁给那个名叫约翰尼·霍恩的低劣小混混之后,她就辞掉工作,试图改造他。不过,凯西没能改造好他,只能等他(从监狱里）出来，再重新改造了。在此期间，她在大厦酒店里租了一个柜台，开了一家雪茄店，整天看着那些小偷、骗子吞云吐雾地从柜台前经过。她有时还会借给当中某个人十美元，劝他离开这个地方。她就是这样一个心地善良的人。坐定之后，凯西打开了她那锃亮的皮包，拿出一盒香烟，并用我桌上的打火机点燃了一支。接着，她又吐出一口烟，皱了皱鼻子。

"你听说过利安德珍珠吗？"凯西问道，"天啊，你这身蓝色哔叽呢西装这么鲜亮！看你穿的这身行头，就知道你肯定在银行里存了不少钱。"

"你说的这两点我可都没有，"我回答说，"我从没听说过利安德珍珠，也没在银行里存什么钱。"

"那么，或许你就是想从那两万五千块钱里分点儿。"

我拿了她一支烟，自己点上。她起身关上窗户，说道："这种味道我上班时都闻够了。"

她再次坐下，接着说道，"那是十九年前，他们把这个家伙关在莱文沃斯长达十五年时间，四年前放了他。一个名叫索尔·利安德的北方大木材商为他的妻子买下了那些珍珠，我的意思是说，只买了两颗，就花费了二十万美元。"

"那恐怕得用手推车才能搬动。"我说。

"看来你不太懂珍珠啊,"凯西·霍恩说道,"那可不只是尺寸大小的问题。不管怎么说,那些珍珠现在更值钱,而且保险公司的人提供的两万五千元报酬还是不错的。"

"我懂了,"我说道,"那是有人瞄上它们了。"

"现在你总算是转过弯了。"和其他女士一样,凯西将香烟放在烟灰缸里任其燃烧。我替她将烟熄灭。"这就是那家伙为什么会在莱文沃斯,只是他们没法证实他有没有得到那些珍珠罢了。这事儿跟邮车有关,那家伙不知怎么地把自己藏在邮车里,在怀俄明州枪杀了邮差,并清理了车上所有挂号信,然后下车了。他是在不列颠的哥伦比亚被抓的,不过,他们当时并没有找到那些东西,后来也没找到。除了这个家伙外,他们什么也没有找到。他被判终身监禁。"

"如果你讲的是个长篇故事,那先让我们喝一杯。"

"天黑前我从不喝酒。这样才不会变成一个不三不四的人。"

"这对因纽特人可真困难。"我说,"尤其是在夏季。"

她看着我拿出小扁酒壶,接着说道:"那家伙名叫赛普——沃利·赛普,就他自己干的。有关珍珠的事情他守口如瓶,只字未提。被关押十五年后,他们说,如果他把东西交出来,就释放他。他把所有东西都交了,就是没有珍珠。"

"他把珍珠藏哪儿了?"我问道,"藏帽子里了?"

"听着,这可不是跟你逗闷子。我有那些珍珠的线索。"

我用手捂住嘴巴,故作严肃状。

"他说自己从没拿过那些珍珠。想必他们多少相信了他说的话,不然也不会放了他。那些珍珠的确就在那些挂号信里,不过,后来再也没有出现过。"

我觉得嗓子有点堵得慌,就什么都没说。

凯西·霍恩接着说道:"在莱文沃斯,沃利·赛普有一次——那些年来唯一的一次——紧抱着一个白虫胶漆桶,就像胖女人系的腹带那样紧。他的狱友是一个名叫皮勒·马尔多的小个子,这家伙将二十美元面值的纸币撕成两半,再分别粘上假币使用,因此被判处二十七个月监禁。赛普曾告诉他,珍珠被他埋在爱达荷州的某个地方了。"

我向前探了探身体。

"开始感兴趣了,是吧?"她说道,"听着!皮勒·马尔多现在就在我家。他是个瘾君子,睡觉时还说梦话。"

我又向后靠了靠。"天哪!"我说,"奖金差不多到手了。"

她冷冰冰地盯着我,随后面色又变得温和起来。"好吧,"她带着一丝绝望的神情说道,"我知道,这听起来有些荒谬。事情都过去这么多年了,而且所有聪明人——邮局里的人、私人机构以及其他所有人——恐怕都为这事挖空了心思。现如今这个瘾君子又重提此事。不过,他是个不错的小伙子,反正我信他。他知道哪里能找到赛普。"

我问道:"这些都是他在睡梦中说的吗?"

"当然不是。但是你还不了解我吗?作为一个从警多年的女警,我的耳朵灵着呢。可能我好管闲事,但我一猜他就是一个有犯罪前科的家伙,而且我还担心他吸食过量呢。我现在可就他这么一个房客啦。于是,我就好意地凑到他的门前,听他在那里自说自话。就这样,我一直鼓励他,而他则来个竹筒倒豆子,把剩下的事情全都告诉我了。他需要别人帮他找寻那些珍珠。"

我又向前探了探身体,问道:"赛普在哪儿?"

凯西·霍恩笑着摇了摇头。"这件事情他不会说的,而且他连咱们现在说的赛普这个名字都没提过。不过,赛普就在北部的某个地方,就在华盛顿的奥林匹亚,或者是离那儿不远的某个地方。皮勒曾在那里见过他,找到了他的一些蛛丝马迹,而且皮勒还说,赛普并没有看到他。"

"那皮勒在这里干什么呢?"我问道。

"他原先就是在这里被抓进莱文沃斯大牢的。要知道,一个老囚犯经常会到他失手的地方看看的。不过,他如今在这里已经没有什么朋友了。"

我又点燃了一支香烟,喝了一小口酒。

"你说,赛普已经出狱四年了。皮勒坐了二十七个月的牢。在那以后,他都干了些什么事呢?"

凯西·霍恩瞪大了她的那双蓝眼睛,怜惜地说道:"你不会认为,他只能进那一个监狱吧。"

"好啦,"我说道,"他会和我谈吗?假如那些珍珠真的存在,而且赛普又恰好把它们交到皮勒的手中,或者诸如此类的事情,我猜他需要有人帮他对付保险公司的人。对不对?"

凯西·霍恩叹气道:"没错,他会和你谈的,他非常渴望和你谈,他老是怕东怕西的。你现在能去吗?趁他晚上还没有吸可卡因之前就过去?"

"当然可以——你让我现在去,我就去。"

她从包里拿出一把公寓钥匙,又将地址写在我的便签上,然后慢慢站起身来。

"那是个双拼住宅。我这边是独立的,中间有一扇门,钥匙在我这边。这只是为了防止他开不了门。"

"好的。"我说。我朝天花板吐了一口烟,盯着她看。

她朝大门走去,停下,折回。她看着地板说道:"我并不怎么看好这事,或许没有丝毫希望。但是,假如约翰尼当初出狱时,我能给他千儿八百的,或许……"

"或许你就能让他改邪归正？"我说道，"别做梦了，凯西，你这完全就是做梦。话说回来，如果这不是做梦的话，你还能平分三分之一呢。"

她屏住呼吸，双眼瞪着我，尽力不让自己哭出来。她再次朝大门走去，停下，又一次折回。

"还有呢，"她接着说道，"就是那个老家伙——赛普，他在监狱里待了十五年。他已经为自己的行为付出代价了，付出了沉重的代价。难道这还不能让你觉得有些残酷吗？"

我摇了摇头，说道："他是不是偷了那些珍珠？他还杀了人。他现在又靠什么谋生呢？"

"他妻子有钱。"凯西·霍恩说道，"他平日里就摆弄一些金鱼。"

"金鱼？"我说，"让它们见鬼去吧。"

随后，她走了出去。

二

我上一次在格雷湖地区时，帮助地方法官伯尼·奥斯击毙了一个名叫波克·安德鲁斯的枪手。不过，事发地在更高的山上，而且离格雷湖也更远些。这个房子则位于山的第二高坡，就在一条绕着山坡的街道环路上。房子盖在一块平地上。房前有一堵布满裂缝的挡土墙，屋后则有几块空地。

这栋原本的双拼住宅有两扇前门和两排前门台阶。其中一扇门的格栅上挂着的指示牌挡住了门上的猫眼，上面写着环路1432号。

我停妥车辆，迈上直角台阶，穿行于两排石竹花间，又爬了更多台阶，来到那扇带有指示牌的门前。这应该就是房客的屋子。我按了一下门铃，屋内无人应答。于是我来到另一扇门前按门铃，同样无人应答。

在我等候期间，一辆灰色的道奇轿车在环路上呼啸驶过，车内一个身着蓝色衣服的优雅的小姑娘抬头看了我一眼。我当时并没有看见车内其他人，也没有太注意这些，更不晓得它的重要性。

我掏出凯西·霍恩的钥匙，打开紧闭的客厅大门，走了进去。客厅里散发着一股杉木油的味道。屋里的家具还算齐全，一束阳光从纱网窗帘的下方投射进客厅的前部。屋内还有一间面积不大的起居室、一间厨房，后面的卧室显然是属于凯西的，还有一间浴室，前面另一间卧室则像是一个缝纫室，这间屋里恰好有一扇门可以通往房子的另一边。

我打开房门，仿佛是穿过一面镜子。那里除了家具之外，一切都很陈旧。另一侧的客厅里有两张单人床，但却没有人居住的迹象。

我经过了第二个洗手间，朝房子里面走，接着又敲了敲那扇对着凯西卧室的、紧闭的房门。

无人应答。我转动球形门把，进了房间。床上的小个子男人或许就是皮勒·马尔多。我先是注意到他的双脚，因为他虽然穿着裤子和衬衫，可脚却是光着的，还耷拉在床沿，脚踝处还捆着绳索。

他双脚都被烧褪了皮。尽管屋子的窗户大开，仍能闻到一股烧焦肉的味道，自然还有一股烧焦木头的味道。桌上的一台电熨斗还在工作，我走过去把它关掉。

我回到凯西·霍恩的厨房，在冰桶里找到一品脱布鲁克林的苏格兰威士忌酒。我喝了几口，深呼吸了一会儿，又看了看外面的那几块空地。房子后面有一条狭窄的水泥便道，绿色的木质台阶一直延伸到大街上。

我又回到皮勒·马尔多的房间。室内的椅子上挂着一件红色细条纹的棕色西装外套，口袋全部外翻，里面的东西散落一地。

他下身所穿的配套西裤的口袋也全部外翻。身边的床上还散落着几把钥匙、一些零钱、一块手帕，以及一个像是女人粉饼盒一样的铁盒子，盒子里还撒落出一些白花花的粉末——可卡因。

这个小个子身材不足五尺四寸，棕色的头发也稀稀拉拉，耳朵倒是不小。他眼睛并无什么特别的颜色，就是一般的眼睛，睁得很大却双目无神。他的双臂被绳子拽着，绳子一头捆在他的手腕上，另一头则系在床底下。

我查遍他的全身，也没有找到任何枪伤或者刀伤。除了双脚以外，他身上并无其他伤痕。导致其死亡的肯定是惊吓过度或心脏衰竭，或者是二者合一。他的身体还有温度，塞在嘴里的布也是暖湿的。

我把自己触碰过的东西都擦拭了一遍，又朝凯特的窗户外面看了一会儿，之后便离开了这栋房子。

三点半，我走进了大厦酒店的大厅，来到位于角落的雪茄柜台。我倚靠在玻璃柜台上，要了一包骆驼牌香烟。

凯西·霍恩把烟递给我，将找零丢进我外口袋中，像招待顾客一样对我微笑着。

"顺利吗？你没用多长时间。"她边说边用余光瞄着一个醉汉，他正尝试用老式火石钢轮打火机点烟。

"问题有点严重，"我对她说道，"你要有所准备。"

她快速转过身，将一盒纸梗火柴沿着玻璃柜台扔给那个醉汉。醉汉笨拙地伸手去接，不仅没接到火柴，烟还被弄掉了。他气呼呼地从地上拾起烟和火柴，转身离开。他边走边回头看，生怕有人在后面踹他一脚似的。

凯西目光掠过我的头顶，显得冷静而空洞。"我已经准备好了。"她低声说道。

"你能得到足足一半赏金,"我说道,"皮勒出局了。他被人干掉了——就在他的床上。"

她皱了皱眉,靠近我肘边的两根手指在玻璃柜台上蜷了起来,嘴唇周围开始出现一条白线。她的全部反应就是如此。

"听着,"我说道,"在我没搞清楚之前,一个字都别说。他死于惊吓过度,有人用一台廉价电熨斗烫他的双脚。我看那熨斗应该不是你的。我认为,他没坚持多会儿就死了,应该没有透露过多信息。况且他嘴里还塞着布。老实说,当我出门去那里时,我原以为这都是一派胡言,现在我不那么肯定了。假如皮勒说出了秘密,我们和赛普就都没戏了,除非我能第一个找到他。那帮家伙可没什么顾忌。如果皮勒没有屈服的话,那还有时间。"

她转过头,两眼死死地盯着大厅入口处的旋转大门,脸色煞白。

"我能做什么?"她吸了一口气说道。

我拨动着一盒雪茄,把她的钥匙放了进去。她则用那细长的手指将钥匙轻松取出并藏好。

"你到家后就会发现他。你要装作什么都不知道,别提珍珠的事,也别提我。他们一旦检查他的照片,就会发现他有犯罪前科,也就会认为他摊上什么事了。"

我打开我的烟盒,点了支烟,看了她一会儿。她站在那儿纹丝未动。

"你能应付得过来吗？"我问道，"如果应付不了，现在就直说。"

"当然可以，"她扬了一下眉毛，"我像一个会被刑讯逼供的人吗？"

"你嫁过一个无赖。"我无情地说道。

她的脸唰地一下红了。我就想让她这样。她说："他不是一个无赖，只是一个该死的笨蛋！没有人会怀疑我，就连警局总部里的那些人也是这么想的。"

"好吧，但愿如此。毕竟人不是我们杀的。要是我们现在就把事情说出去，肯定有人能拿到奖金，但你可就连一个大子儿也得不到了。"

"千真万确，"凯西·霍恩兴奋地说道，"唉，可怜的小个子。"她几乎呜咽了。

我拍了拍她的胳膊，尽量开心地对她笑了笑，接着就转身离开了大厦酒店。

三

信实保险公司的办公室设在格拉斯大厦，就在三间并不起眼的小房间里。别看这里表面上显得简陋，实际上却是一家大公司。

驻店经理名叫路丁，是一位眼神冷静、头顶光秃的中年男子。他坐在一张被擦得干干净净的大桌子前，手指优雅地摆弄着一支带斑点的雪茄，非常平和地看着我。

"马洛？哦，久闻大名啊。"他用一根发亮的小手指摸着我的名片，问道，"你有何贵干啊？"

我搓捻着一支烟，低声说道："你还记得利安德珍珠吗？"

他慢慢地笑了一下，有点儿不耐烦地说道："我怎么可能忘了。那些珍珠可让这家公司赔了一万五千块。当时我还只是一个年轻气盛的理算员。"

我说道："我倒是有个主意。不过，或许有点疯狂，极有可能非常疯狂，但是我乐意试一试。不知道你们之前承诺的两万五千元奖金还算数吗？"

他轻声地笑着说道："马洛，是两万元奖金，剩余的五千元差额归我们。你真是浪费时间。"

"浪费的是我自己的时间。两万就两万。你们能给我多少帮助？"

"什么帮助？"

"能给我开一封你们分支机构的介绍信吗？以防我不得不离开这个州或者需要一些地方法律机构的美言什么的。"

"你准备采用哪种方式出去？"

我对他笑了笑。他在烟灰缸边上轻轻敲了一下雪茄，也对我笑了笑。两人笑得都不真诚。

"没有介绍信。"他说，"纽约总部不会支持的，我们有自己的业务联系。不过，所有这些业务联系你都可以私底下使用。假如你成功了，两万块钱你拿走。当然，你是不可能成功的。"

我点燃香烟，身体向后靠了靠，朝天花板吐了个烟圈。

"不可能成功？为什么不可能？你又没见过那些珍珠。它们的确存在，不是吗？"

"当然存在。要是它们现在还在的话，那也应该属于我们。不过，那二十万美元不会在地下埋了二十年，然后又被挖出来。"

"好啦。浪费的还是我自己的时间。"

他敲掉一点儿雪茄烟灰，低头看了看。"虽说你有点儿疯狂，但我喜欢你这个态度，"他说，"不过，我们是个大机构。倘若我从现在起为你承保的话，那又怎么样呢？"

"那我就输了。我知道我被上了保险。我在这个游戏里耗时太久，以致错过了机会。我会退出游戏，到法庭上来个竹筒倒豆子，然后回家。"

"你为什么要那样做呢？"

我又向桌子前靠了靠，慢条斯理地说道："因为那个知道线索的家伙今天被人干掉了。"

"啊……"路丁揉了揉鼻子。

"可不是我干掉的。"我补充道。

我们沉默了好一阵子。接着路丁说道："你别想要什么介绍信了，你也不用带那东西。而且自打你告诉我，你对这事门儿清后，我就更不敢给你开介绍信了。"

我站起身来，咧嘴笑了笑，朝大门口走去。他也快速站起来，绕过桌子，用他那白净的小手拉着我的胳膊。

"听着，我知道你很疯狂，但是如果你的确得到什么消息的话，给我们大伙儿说说。我们需要这个消息。"

"该死，你以为我指望什么生活呢？"我咆哮道。

"两万五千元奖金。"

"我原以为是两万呢。"

"两万五。你还是这么疯狂。赛普从未偷过那些珍珠，如果他偷了的话，那他很多年前就应该跟我们谈价钱了。"

"好吧，"我说道，"你有足够的时间来做决定。"

我们笑着握了握手，就像两个聪明家伙一样，知道彼此不会欺骗对方，但也不会放弃一试。

四点四十五分，我回到办公室。小酌两杯之后，我装了一斗烟，坐下来理理思路。这时电话铃响了。

一个女人声音响起："是马洛吗？"声音不高，但紧张且冰冷。我没听过这个声音。

"是。"

"你最好见见拉什·马德尔。你认识他吧？"

我撒谎说："不认识。我为什么要见他？"

突然，电话里传来了一阵冷冰冰的清脆笑声。"因为一个脚被烫了的家伙。"那个声音说道。

电话咔嚓一声挂了。我把听筒放在一边，划了根火柴，呆望着墙壁，直到火柴烧到我的手。

拉什·马德尔是库恩大楼里的一名讼棍。他专门办理交通事故损害赔偿，代人疏通关系，为被告做不在犯罪现场的伪证，以及任何看似微不足道但颇有赚头的事情。不过，我倒从未听说，他掺和过任何类似烫伤别人脚这样的大动作。

四

春天大街快到下班点了。出租车正在路边缓慢滑行，最早下班的速记员们正陆续回家，街上的有轨电车开始拥堵起来，而为了疏导交通，交通警察们也在制止人们向右转弯，尽管这么做完全合法正确。

库恩大厦的门脸儿不宽，大楼主体被涂成干芥末的深黄色，门口还放置一个巨大的假牙模型。指引牌上写着无痛牙医诊所、邮递员培训师等内容。不过，有的只写名字却没标门牌号码，而有的则只有门牌号码却没有名字。拉什·马德尔，注册律师，在619室。

我逃出那个颠簸的开放式栅栏电梯,看见脏兮兮的橡胶垫上放着一个脏兮兮的痰盂。我顺着满是烟味的走廊朝前走,试着拧了一下那扇写着619的磨砂玻璃门把手,门闩上了。于是,我敲了敲门。

一个身影来到玻璃门后,吱呀一声拉开门,我看到一个膀阔腰圆的男人。他下巴软圆,眉毛浓黑,满面油光,而他那陈查理探长式的胡子让他的脸显得更胖。

他伸出几根被尼古丁熏黄的手指和我握手。"难得,难得,老猎手亲自出马了,能过目不忘嘞。没记错的话,你的名字叫马洛吧?"

我迈步进了房间,接着身后那扇门吱呀一声被关上了。屋内陈设简陋,没有地毯,只有一块褐色的铺地油毡,一张带有可竖起的活动盖板的平坦书桌,一个看起来像熟食袋一样的绿色防火大保险柜,外加两个文件柜、三把椅子、一个内置衣橱,以及门边角落里的一个洗脸盆。

"很好,坐吧,"马德尔说道,"见到你很高兴。"他在桌子后面忙活了一番,调整好弹性坐垫,然后坐了下来。"你能有空过来,真是太好了。有什么可以效劳的?"

我坐了下来,叼着一根烟望着他,一个字也没说。我看到他开始冒汗,汗水从发间流出。接着,他抓起一支铅笔,在记事簿上做着标记。然后,他快速地瞟了我一眼,又将目光转移到记事簿上。他终于开腔了——是对着记事簿说的。

"有什么想法吗?"他轻轻地问道。

"哪方面的?"

他没有抬头看我。"就是我们一起怎么合作做事。说吧,就是珍珠的事。"

"鹧鹈是谁?"我问道。

"嗯?什么鹧鹈?"他还是没抬头看我。

"就是打电话给我的那个人。"

"有人给你打电话吗?"

我伸手去拿他那台老式的悬挂电话,开始慢慢地拨着警察署的电话号码。我知道他非常熟悉这个号码,就像熟悉他的帽子一样。

他伸手将电话叉簧按下。"嗯,听我说,"他抱怨道,"不要操之过急。你打电话叫警察干什么呢?"

我慢条斯理地说道:"他们想和你谈谈。因为你消息面广,了解一些那个脚被烫伤的男人的情况。"

"事情非要发展到那一步吗?"他此刻似乎感觉自己的领口太紧了,猛地扯了一下。

"不是我让它这样发展的。不过,如果你认为我坐在这里,是由你拿我的反应逗闷子的话,那事情真要发展到那一步了。"

马德尔打开一罐香烟，拿出一支顺着嘴边划过，发出一种像是杀鱼时发出的声音。他的手在抖。

"好吧，"他含混不清地说道，"好吧，别发火。"

"别想忽悠我，"我咆哮道，"说正经的。如果你给我找份差事，我或许嫌脏，碰都不会碰。但是，我至少会听一听。"

他点了点头，此刻开始放松了，他知道我在吓唬他。接着他吐了一个白色的烟圈，看着它漂浮起来。

"好极了，"他平静地说道，"我有时也会犯傻。事实上，大家都是聪明人。卡罗尔看到你去过那个房子，然后又离开了。没有法律人士到场。"

"卡罗尔？"

"卡罗尔·多诺万，我的一个朋友。是她给你打电话的。"

我点点头，"接着说。"

他什么都没说，只是坐在那里，表情严肃地看着我。

我笑了笑，身体稍微探过桌子，说道："这就是你们百思不得其解的事情。你们不知道我为什么会去那个房子，或者为什么离开房子后，却没有报警。很简单，我原以为那是一个秘密。"

"那就算是我们彼此开个玩笑吧。"马德尔没好气地说道。

"好吧，那我们就聊聊珍珠。这样事情不就变得更简单了吗？"

他眼睛一亮。他想让自己兴奋起来，却没能实现。他压低声音，冷冷地说道："卡罗尔有天晚上去接他。那个疯狂的小矮个，虽然吸足了可卡因，可回去的路上还想着那东西。他聊过珍珠的事，说是西北地区还是加拿大的一个老家伙很久之前偷了一些珍珠，并将其据为己有。只是他没说那老家伙是谁，也没说那人在哪里。他在这件事上非常滑头，不说实话。我也不知道究竟是什么原因。"

"那他是想让别人烫他的脚。"我说道。

马德尔的嘴唇抽动了一下，头上又开始冒汗了。"那可不是我干的。"他含混不清地说道。

"你或者卡罗尔干的，这有什么差别吗？那小个子已经死了，他们会认定这是谋杀案。你没找到你想知道的答案，这就是我为什么会来这儿的原因。你以为我掌握了什么你们不知道的信息？算了吧！要是我知道更多消息的话，就不会来这里了。你要是知道更多消息的话，也就不会叫我来了。对不对？"

他慢慢地咧嘴笑了起来，好像我说的话触痛了他。他费力地从椅子中站起来，从办公桌的一侧拉出一个更深的抽屉，取出一个精致的棕色瓶子和两个带条纹的玻璃杯，放在桌子上。他小声说道："对半分吧。就咱俩。我把卡罗尔踢出去了。她太粗鲁了，马洛。我见过冷酷无情的女人，但她就是甲板上的靛青漂白粉。见到她本人你绝不会想到这些的，不是吗？"

"我见过她吗？"

"我猜是这样的。她说，你见过她。"

"哦，就是坐在道奇轿车里的那个女孩。"

他点了点头，倒了两大杯酒，放下瓶子，站了起来。"需要兑水吗？我喜欢兑点水喝。"

"不用，"我说道，"不过为什么要把我拉进来呢？我知道的信息不比你提过的多，或许只是多那么一丁点儿，肯定不值得你这么费心。"

他瞟了瞟那两个酒杯。"我知道那些珍珠在哪里可以值五万块钱，是你所得的两倍。我可以把你那份给你，连我的那份也给你。我需要的就是你所得到的身份掩护，这样你就可以公开行动。兑点儿水？"

"不用。"我说。

他走到那个内置的洗漱地方，往杯里兑水，然后端着半满的杯子回来。他再次落座，笑了笑，举起了杯子。

我们喝了起来。

五

迄今为止，我只犯了四个错误。第一，由于凯西·霍恩的缘故，我被完全牵涉进这件事情中；第二，我发现皮勒·马尔多死亡之后，还一直掺和其中；第三，我让拉什·马德尔知道，我知晓他所谈论的事情；第四，也是最严重的错误，就是喝下那杯威士忌。

那杯威士忌下肚时味道有点怪。接着，我有一小会儿异常清醒，就好像我确实看到一样，知道他将自己手中那杯酒调包了，换成了壁橱里事先准备好的那杯没下药的酒。

我一动不动地坐了一会儿，手里捏着那只空酒杯，试着提气。可我发现，马德尔的脸开始逐渐变大，变得恍惚和模糊。他看着我时，那张带笑的胖脸在陈查理探长式的胡子下忽远忽近地拉伸变形。

我把手伸进裤子后面的口袋里，拽出一条被松散地揉成一团的手帕。手帕里面包裹的警棍看起来并没有显示多大威力，不过，在马德尔第一次将手伸进外套后，他就不能动弹了。

我站了起来，东倒西歪地来到他的面前，照着他的头顶，抡拳砸了下去。

他一时作呕，开始试着站起来。我又照着他的下巴来了一拳。他变得有气无力，外套里的那只手也耷拉下来，还撞翻了书桌上的玻璃杯。我扶起玻璃杯，一边屏气凝神地站着听屋里的动静，一边忍着心中泛起的那一阵阵令人作呕的恍惚。

我朝着过道的门走去，试着拧了拧球形门把手，门上锁了。此刻，我脚下跟跄，便将一把办公椅拉到门口，把它顶在门把手下方。我气喘吁吁地靠着门，咬牙切齿地在心里骂着自己。我取出手铐，返身朝马德尔走去。

这时，从衣柜里走出一个黑头发、灰眼睛的漂亮姑娘，手里拿着一把点三二英寸口径的左轮手枪对着我。

她身着带有一排摁扣的蓝色套装，头戴一个倒置的碟形帽子，前额呈现出帽檐的硬朗线条。她那乌黑亮丽的头发分披开来，一双青灰色的眼睛虽然冷冰冰的，却显得轻松愉悦。她那张清新的面庞年轻而又精致，却像雕刻物一样毫无表情。

"好的，马洛。躺下吧，睡一觉就没事了。你完成任务了。"

我挥舞着警棍，趔趔趄趄地朝她走去。她摇了摇头。当她的脸晃动的时候，它在我的眼中变得越来越大，脸的轮廓开始变化而且晃动不止。她手中的那支枪也一会儿像隧道一样深邃，一会儿牙签一般渺小。

"别做蠢事了，马洛，"她说道，"你需要几个小时睡眠，我们需要几个小时动身。别让我对你开枪，我会开枪的。"

"该死的，"我含混不清地说道，"我相信你会开枪的。"

"千真万确，亲爱的。我是一个按照自己方式做事的女人。好极了，坐下。"

地板升了起来，撞到了我。我就像是坐在波涛汹涌的海面上的一只木筏子上一样。我用双手的手掌支撑着自己,几乎感觉不到地板。我双手麻木,整个身体都麻木了。

我试图盯着她,让她不敢对视。"哈哈!女——女——杀——手!"我傻傻地笑着。

她对我冷笑了一声,我几乎没有听见。因为此刻我脑海里鼓声大作,那是来自遥远丛林的战鼓声。还有那一波又一波移动的光影,以及风吹树梢发出的沙沙声。我不想躺下,可我还是躺下了。

那个女孩的声音,小妖精一般的声音,从遥远的地方传来。

"对半分,嗯?他不喜欢我的办法,嗯?上帝保佑他那颗大善心。我们会处理他的。"

在我精神恍惚、内心茫然之际,我好像感觉到一个沉闷的震动,想必是开了一枪。我希望她已经射杀了马德尔,但是她并没有这么做。她只是在我昏昏欲睡的状态下帮了我一把——用我自己的警棍帮忙。

我再次恢复知觉时已经是夜晚了。有什么东西在我的头顶上发出沉闷的噼啪声。黄色的光穿过远处桌边那扇敞开的窗户,泼洒在一栋建筑物高高的侧墙上。那个东西又开始噼啪作响,而且黄色的灯光也灭了。那是房顶上的一个广告牌。

我像一个试图从稠泥浆里爬出来的人那样,费力地从地上爬了起来,艰难地走向那个洗脸盆,用手往自己的脸上撩水。我开始恢复知觉,用手搓了搓脸部的肌肉，费力地走到门边，摸到开关，把灯打开。

书桌上散落着一些文件、几根断了的铅笔、几个信封、一个棕色的威士忌空酒瓶，以及一些烟头和烟灰。几个抽屉被人匆忙翻空了，只留下一片狼藉。我也懒得再去翻箱倒柜。我离开了那间办公室，乘坐那个颠簸的电梯下楼，来到大街上，进了一家酒吧，喝了一杯白兰地，之后就开着我的车回家了。

我换了衣服，收拾了一下行李，喝了一些威士忌，还接了一个电话。时间大约九点半。

凯西·霍恩在电话里说道："这么说，你还没走。我真希望你没走。"

"就你自己在家吗？"我用嘶哑的声调问道。

"没错，不过现在还不是一个人。房子里挤满了警察，都好几个小时了。他们很和善，考虑也周详。他们认为，这事应该是因为某种宿怨引发的。"

"现在这个电话很有可能被监听了，"我咆哮道，"你说，我应该去哪里呢？"

"嗯……你知道。你的女朋友告诉我的。"

"那个黑头发的小女孩？很酷的样子？名字叫卡罗尔·多诺万？"

"她有你的名片。怎么，难道……"

"我没有什么女朋友，"我严肃地说道，"我敢肯定，你只是随随便便,不加思考,就顺口说出了一个名字——那个位于北方的小镇名字。是这样吧?"

"没……没错。"凯西·霍恩用微弱的声音承认道。

我乘坐当晚的班机前往北方。

旅途还算愉快,就是我有点儿头痛,还特别想喝点儿冰水。

六

奥林匹亚城的斯诺兮尔酒店坐落在国会路上,面朝着一个普通的公园城市广场。我从咖啡店大门出来,沿着山路往下走,来到了普吉特海湾尽头一个最偏僻的地段,一排遍布腐败物体的废弃码头。码头的最显著位置堆放着成捆的木柴,一群老头儿或在柴火堆中溜达,或叼着烟斗坐在箱子上。他们的头后方有一个牌子,上面写着:"柴火,劈引火柴,免费送货上门。"

这帮人的后面是一个不太高的峭壁,上面可以隐约见到灰蓝色的天空下广袤的北方松树。

其中两个老头儿坐在相隔二十英尺的箱子上,谁也没有搭理谁。我溜达到一个老头儿跟前。他下身穿着灯芯绒裤子,上身披着一件红黑相间的双排扣短呢大衣,头上的毡帽看起来像是被夏季的汗水浸泡了二十年。他一只手抓着一个黑色的短烟斗,另一只脏兮兮的手正慢慢地、小心翼翼地、入神地拔着一根卷曲的长鼻毛。

我竖起一只箱子，一屁股坐了下来。接着，我又将烟斗装上烟丝，点燃，吸着吐了一口烟圈。我对着水面挥挥手，说道："你怎么也想不到，这里曾经与太平洋相连。"

老头儿看了看我。

我说道："这是水的尽头——和你居住的小镇一样宁静、悠闲。我喜欢这样的小镇。"他还是那样看着我。

"我敢打赌，"我说，"要是一个人在这样的镇子上转上一圈，他肯定能认全这个镇子上的每一个人，就连镇子周边的人都能认识。"

老头儿说道："你赌多少？"

我从兜里掏出一个银元，还留了几个。老头儿端详了一番，点了点头，突然猛地一拉拔出那根长鼻毛，并且拿着它对着阳光看了看。

"那你就输了。"他说道。

我把银元放在膝盖上。"知道附近这儿有谁养金鱼吗？"我问道。

老头儿盯着银元。边上另一个穿着工作服和懒人鞋的老头儿也盯着那块银元，两人同时咂了口唾沫。第一个老头儿说道："我耳朵有点儿背！"接着，他慢慢站了起来，朝着一个用长短不齐的旧木板搭建的窝棚走去。他进了窝棚，砰的一声把门关上了。第二个老头儿气冲冲地扔下斧子，冲那扇关着的窝棚门啐了一口，转身消失在柴火堆里。

窝棚门开了,那个披着双排扣短呢大衣的老头儿把头伸了出来。

"都是些阴沟里的螃蟹。"他说道,接着又将门砰地关上了。

我将银元装进兜里,沿着上山的路返回。我盘算着自己一时半会儿肯定搞不懂他们的语言。

国会路南北贯通。街上有一辆暗绿色的有轨电车穿梭而过,驶向一个名叫塔姆沃特的地方。我在远处就能看见政府大楼。街道向北是两家酒店和一些商铺,之后便分岔为一左一右两条道路。右边道路通往塔科马和西雅图两个港口城市,左边道路越过一座大桥,通往奥林匹克半岛。

在这个左右岔道口的另一边,街道突然变得又旧又破:破损的沥青路面,一家中餐馆,一个用木板围起来的电影院,一家典当行。肮脏的人行道上方突出一块招牌,上面写着"香烟店",底下还有一行小字——"台球馆",好像希望没人看到似的。

我路过一个花哨的廉价杂志书架和一个苍蝇飞舞的雪茄展示柜,走进那间"台球馆"。馆内左侧有一条木质长柜台、几台老虎机,以及唯一一张台球桌。三个孩子在摆弄老虎机,一个瘦高个、高鼻子、没下巴的男人正独自玩台球,嘴里的雪茄早已熄灭。

我在一个凳子上坐了下来。一个表情严肃的光头男子从柜台后面的椅子上站起来,用他那条灰色的厚围裙擦了擦手,露出一颗金牙齿。

"来杯黑麦威士忌,"我说道,"知道有谁养金鱼吗?"

"好的,"他说道,"我不知道谁养金鱼。"

他在柜台后面倒了点什么,接着推过来一个厚玻璃杯。

"二十五美分。"

我闻了闻杯子里的东西,皱了皱鼻子。"难道这就是你说的黑麦威士忌吗?"

这个光头男子举起一个带有标签的大瓶,上面的大致意思是:"迪克斯纯黑麦威士忌精华,保质期至少四个月。"

"好吧,"我说道,"我看到有人刚把它搬来。"

我往酒里兑了些水,接着喝了起来,这东西的味道就像是霍乱培养菌。我把二十五美分放在了柜台上。这个服务员向我展示了另一侧的金牙,并用两只结实的手紧紧地抓着柜台,将下巴伸向了我。

"你问这个做什么呢?"他用几近温柔的腔调问道。

"我刚搬过来,"我说道,"想找些金鱼放在窗户前养。金鱼。"

服务员慢吞吞地说道:"难道你看我像是认识什么养金鱼的主吗?"他的脸有点儿发白。

那个高鼻子男人独自玩了一局后,便将球杆放到了架子上。他晃悠到我的旁边,在柜台上放了枚五美分硬币。

他对服务员说:"别瞎咧咧了,给我来杯可乐。"

服务员费了好大力气才从柜台上挣脱开。我低下头想看看他的手指是不是在柜台的木头上留下了什么压痕。他倒了一杯可乐，用调酒棒搅了搅，又将它扔到了桌子上。他深吸一口气，然后从鼻子呼出来，嘟嘟囔囔地朝着标有"厕所"的那扇门走去。

高鼻子男子端起他的可乐，对着吧台后面那块满是污渍的镜子照了照。他快速抽动了一下左边嘴角，以一种低沉的声音说道："皮勒最近咋样？"

我将拇指和食指捏着鼻子，用力吸了一下，悲伤地摇了摇头。

"还真让我猜中了，嗯？"

"没错，"我说道，"我还不知道您的尊姓大名呢。"

"叫我黄昏好了。我一直朝西边走。我想他会守口如瓶的，是吧？"

"他的确会守口如瓶。"我说道。

"你怎么称呼？"

"道奇·威利斯，来自埃尔帕索。"我说道。

"住哪里？"

"酒店。"

他放下那只空杯子，说道："那我们一起晃荡晃荡吧。"

七

我们一起来到了我的房间,坐在那里一边喝着苏格兰威士忌和冰水,一边看着对方。黄昏眯着他那双呆板的眼睛上下打量着我,他每次看一点儿,但到最后一点一滴加起来却也是看了个遍。

我喝了一小口酒,等着他开腔。最后,他从那两片几不可见的嘴唇里发出了微弱的声音。"皮勒怎么自己不来?"

"他在这儿时,就没有选择留下,原因是一样的。"

"你这是啥意思?"

"你自己慢慢寻思吧。"

黄昏点了点头,就好像我说得很明了似的。他接着问道:"最高报价多少?"

"两万五千块。"

"我呸!"黄昏语气坚决,甚至有些粗鲁。

我身体向后靠了靠,点了一支烟,又朝着敞开的窗户吐了一口烟圈,看着它被微风带走、吹散。

"听着,"黄昏抱怨道,"我对你一无所知,或许你压根儿就是一个骗子。我只是不知道罢了。"

"那你为什么还来见我呢?"我问道。

"你有话要说,不是吗?"

轮到我采取主动了。我对他笑了笑,说道:"没错,金鱼就是一个接头暗号,那家烟草店就是接头地点。"

他面无表情,这就证明我猜得没错。这是一个做梦都想得到的好机会,就是在梦里也不一定能把握住。

"哦,还有什么花花肠子?"黄昏边问边从玻璃杯中吸出一个冰块咀嚼起来。

我笑着说道:"很好,黄昏,我对你的谨慎很满意。我们以后几个星期就维持这样,有什么牌都摊到桌上吧。那个老家伙在哪里?"

黄昏紧绷着嘴唇,接着他用舌头舔了一下,又紧绷了起来。他慢慢地放下手中的玻璃杯,右手懒散地搭在大腿上。我知道自己犯错误了,那就是,皮勒知道那个老家伙在哪里,而且准确地知道在哪里。因此,我也应该知道。

从黄昏的声音可知,他并没发现我犯的错误。他发怒道:"照你的意思,我把手里的牌都放到桌上,而你却袖手旁观。门儿都没有!"

"那么,你认为这个结果怎么样?"我咆哮道,"皮勒死了。"

他皱了一下眉,嘴角也抽动了一下。如果可能的话,他那双眼睛比之前更加茫然了。他的声音变得稍微有些刺耳,就像是手指在干皮革上划动时发出的声音一样。

"怎么回事?"

"有竞争对手，你们两个却一无所知。"我身体向后靠了靠，微微笑了一下。

这时，一支枪在阳光下泛出柔和、金属的蓝色光泽。我都还没看清这枪是从哪里冒出来的，那个圆圆的、黑洞洞的枪口就已经对准我了。

"想耍我！你找错人了，"黄昏阴沉沉地说道，"我可不是一个任人摆弄的软蛋。"

我双臂交叉，特意将右手留在外面，放在他能看到的地方。

"如果我是耍你的话，那我就……但我没耍你。皮勒玩弄了一个女孩，而她则在一定程度上敲诈了他。不过，他并没有告诉她在哪里可以找到那个老家伙。因此，她和她的同伙去皮勒的住处找他，将一个烧红的电熨斗放到了皮勒的脚上。皮勒因惊吓过度死亡。"

黄昏看起来无动于衷，说道："还有什么要说的？我洗耳恭听。"

"那我也洗耳恭听！"我低声咆哮着，假装突然发怒了，"你除了说认识皮勒之外，哪里还他妈的说了什么有用的东西？"

他一边用扣扳机的手指旋转着手枪，一边不经意地说："赛普这个老东西在西港小镇，这消息对你有用吗？"

"当然有用。他拿到那些珍珠了吗？"

"见鬼，我怎么知道他拿到没有？"他再次稳住手枪，把枪放到腿上。此刻，枪口不再冲着我了。"你刚才说的竞争对手在哪里？"

"但愿我已经摆脱他们的盯梢了,"我说道,"我也不太确定。我可以把手放下来,再喝点儿吗?"

"好吧,你自便。你怎么会掺和到这件事情里的呢?"

"皮勒租的房子是我朋友老婆的。她是个实在人,一个可以信任的人。皮勒把她牵连进来了,后来她又把我也牵连进来了。"

"这些都是在他被谋杀之后发生的吗?你那边要拿几份?反正我那一半是说妥了的。"

我拿起酒杯一饮而尽,并将空玻璃杯猛地推到一边,"见鬼。"

他把枪口抬高了一寸,又放了下来。接着,他怒气冲冲地问道:"一共几份?"

"三份,现在皮勒出局了,如果我们能够在这场竞争中胜出的话。"

"就是那帮用电熨斗烫别人脚的家伙吗?他们翻不起什么浪。他们都长什么模样啊?"

"男的叫拉什·马德尔,是南方地区的一个讼棍。此人年龄五十岁上下,是个胖子,嘴上的胡子向下弯曲,黑头发,有点秃顶,身高五尺九,体重一百八十磅左右,就是胆子有点儿小。女的叫卡罗尔·多诺万,黑头发,留着长长的马尾辫,灰眼睛,人长得很漂亮,二十五到二十八岁的样子,身高五尺二,体重一百二十磅左右。上回见面时,她穿着蓝衣服,心肠也跟他们来时那样坚硬。她在这帮人中可是个真正的硬茬儿。"

黄昏毫不在乎地点了点头，把手枪收了起来。"如果她想在这里插一杠子，我们会让她服软的。"他说，"我的房子那有一辆旧汽车。我们就开着它到西港去兜兜风，看一看。有金鱼这么个幌子，你潜进去就容易多了，他们都说那家伙是个金鱼痴。我会秘密地守在外头，对我来说，那家伙太狡猾了。我嗅到了死亡的气息。"

"还真是个高手啊，"我衷心地说道，"我自己也是一个资深的养金鱼爱好者。"

黄昏伸手拿起酒瓶，往杯子里倒了两指高的苏格兰威士忌，一口气就喝完了。他站起身来，用手抻了抻衣领，然后将他那看不见的下巴尽可能地向前伸了伸。

"但是千万别搞砸了，兄弟。这个事情还是有不小压力的。搞不好我们得把小命丢在这片丛林里，或者一无所获。这就跟抢劫一样。"

"没问题，"我说道，"保险公司的人还在后面给我们撑腰呢。"

黄昏拽了拽他的马甲，又揉了揉他那瘦瘦的后脖颈。我戴上帽子，把苏格兰威士忌酒瓶装进我椅子旁边的包里，又过去将窗户关好。

随后，我们开始朝门口走。我刚一摸到门把手，就听见一阵急促的敲门声。我示意黄昏退到墙边，自己盯着大门看了一会儿，然后打开了门。

两支枪出现在我的面前,几乎在同一个高度。一支是点三二小口径手枪,另一支是点五零大口径的史密斯韦森手枪。由于两个人无法并排进屋,那个女孩先走了进来。

"很不错,"她冷冰冰地说道,"有数不完的钱,那要看你能不能拿得到了。"

八

我慢慢地退到屋子里。这两个造访者也一前一后跟着我慢慢地走了进来。我被自己的包绊了一下,一下子跌到地板上,于是我在地上一边打滚,一边呻吟。

黄昏不屑地说道:"这就是那帮家伙?好极了。"

两人猛地从我身上移开视线,而我则取出枪,把它塞在我的身下,继续呻吟着。

屋里一片寂静,我没有听到任何枪响。房门依旧大开,黄昏紧贴在墙上,或多或少地藏在门后。

那个女孩开腔道:"拉什,你控制这个私家侦探……把门关上。在这里斯金尼不会开枪的,没有人会开枪的。"接着,我勉强听到她用很小的声音补充说道,"用力关!"

拉什·马德尔慢慢向门口倒退,手里的史密斯韦森手枪却一直瞄着我。他是背对着黄昏的,看到自己的处境,他眼睛骨碌碌打转。我本可以很容易就射杀他,但这可不是儿戏。黄昏叉着两只脚,吐着舌头,他那呆滞的目光中流露出一丝微笑。

他盯着那个女孩,那个女孩也盯着他,他们手中的枪都瞄准对方。

拉什·马德尔来到门前,抓着门边,使劲一甩,把门关上了。我清楚知道接下来要发生什么事情。在门被砰的一声关上的一刹那,那把点三二手枪就会击发。如果开枪的时机把握准确,枪声就不会被人听见,会消失在巨大的关门声里。

我伸手抓住了卡罗尔·多诺万的脚踝,猛地一拉。大门砰的一声被关上了,卡罗尔的枪也响了,不过是打中了天花板。

她躺在地上转着圈踢我。黄昏用他那严厉的具有穿透力的腔调慢条斯理地说道:"如果这就是你们想要的结果,那就这样了。我们走!"他把自己柯尔特手枪的保险关了。

他的声音里似乎有某种东西可以让卡罗尔·多诺万平静似的,她放松了下来,手中的自动手枪也掉落一旁。她起身远离我时,还回过头来恶狠狠地瞪了我一眼。

马德尔拿着钥匙来开锁。他倚靠在木门上,大口喘着粗气,帽子斜盖着一只耳朵,帽檐下漏出两个胶布头。

我在思考时,屋里没人动弹。外面的走廊里没有脚步声,也没有警报声。我用双膝支撑起身体来,将我的枪悄悄藏了起来,接着又站起来走到窗户前。楼下的人行道上并没有人抬头看斯诺夸尔酒店的高层。

我坐在老式的宽窗台上,有点儿局促不安,就好像牧师说了亵渎的言语一样。

女孩厉声问道:"这家伙就是你的搭档吗?"

我没有搭腔。她的脸慢慢变红了,满眼怒火。马德尔伸出手抱怨道:"卡罗尔,你现在听着,就在这里听着。你这样做也不是办法……"

"闭嘴!"

"是,"马德尔磕磕巴巴地说,"好吧。"

黄昏懒洋洋地打量了卡罗尔三四遍。他那只握枪的手很自然地搭在胯骨上,整个态度都完全放松了。我曾经见过他拔枪,希望那个女孩不要被他骗了。

他慢条斯理地说道:"我听说过你们俩。你们开价多少?我甚至都不想听,只是我受不了这个枪杀罪名。"

女孩说道:"里面的钱足够四个人分了。"马德尔拼命地点了点他的大脑袋,还差点儿挤出一个笑容。

黄昏瞥了我一眼,我点了点头。"是四个。"他叹息道。

"但这已经到顶了。到我那里去喝一杯,我不喜欢这里。"

"那我们一定是看起来很蠢喽。"女孩没好气地说道。

"杀人……简单,"黄昏懒洋洋地说道,"这种人我见多了。这就是我们为什么准备好好聊聊,这可不是一个射击游戏。"

卡罗尔·多诺万从她的左臂下拿出一个小山羊皮包,并将她那把点三二手枪塞进包里。她微笑了一下,她笑的时候很漂亮。

"我已经下赌注了,"她平静地说道,"我参加。你那个地方在哪里?"

"就在奥特·沃特大街,我们坐出租车去。"

"前面带路,老兄。"

我们出了房间,坐着电梯下楼。四个表面和善的人从挂满鹿角和装着花鸟标本的玻璃框的大厅里走了出去。出租车驶过议会大厦路,穿过一个广场,路过一幢高大的红色公寓楼。除了立法机构在此办公期间外,这幢高楼与小镇格格不入。出租车沿路还路过了远处的议会大厦以及州长官邸那些紧闭的大门。

人行道两侧都栽种着橡树,公园围墙的后面还有几幢大住宅楼。出租车飞快地驶离此地,拐入一条通往松德海峡尽头的大路。不一会儿,就看见一栋房子坐落在一片参天树木中间的狭长空地上,在这些大树后面还有一片波光粼粼的水面。房子配有一个带屋顶的走廊,以及一小块杂草和灌木丛生的草坪,在泥土道的尽头还有一个棚子,下面停放着一辆过时的旅行车。

我们一行四人下了出租车，我付了车费，大家非常谨慎地目送出租车离去。接着，黄昏开腔道："我就住在楼上，楼下住的是一位老师。她不在家。我们上楼喝点儿。"

一行人穿过草坪，进入走廊。黄昏推开门，向上指了指狭窄的楼梯。

"女士优先。美女，你先走。这个镇子的人都不锁门的。"

女孩冷冰冰地瞥了他一眼，擦着他的肩走上了楼梯。我紧随其后，接着是马德尔，黄昏则走在最后。

二楼的房间几乎占据了整个楼层。不过，由于大树遮阴的缘故，房间里有些阴暗。屋内有一个天窗，一张宽大的坐卧两用长椅被放在房子斜顶下方，还有一张书桌、几把藤椅、一台小收音机以及一个置于地板中央的黑色圆火炉。

黄昏缓缓地走进小厨房，拿来了一个方形酒瓶和几个玻璃杯。他倒好酒后，自己端起一杯，其他都留在桌上。

我们各自都端了一杯酒，坐了下来。

黄昏举杯一饮而尽，接着弯腰将杯子放到地板上，直起身时却把他的柯尔特手枪掏了出来。

我听到马德尔喝酒时的吞咽声突然停了下来。那个女孩的嘴巴抽动了一下，就好像准备要大笑一样。接着，她向前倾了倾身体，左手端着酒杯放在她的包上。

黄昏慢慢地将嘴唇抿成一条细细的直线,接着又慢吞吞地、谨慎地问道:"用电熨斗烫脚的家伙,是吗?"

马德尔让酒呛了一下,想要摊开自己那肥胖的双手。那把柯尔特手枪朝他晃了晃。他只好将手放在双膝上,抓着他的膝盖骨。

"真是两个笨蛋,"黄昏疲惫地说道,"你们烫人的脚,逼人说出珍珠的秘密,接着又闯进人家同伴的家中。你们不会是用圣诞彩带绑人的吧。"

马德尔断断续续地说道:"好……好啦。你说怎……怎么偿……偿还?"女孩浅浅地笑了笑,却什么也没说。

黄昏咧了咧嘴。"绞刑,"他轻松地说道,"用绳子把你们捆上,打成死结,再往上面撒些水。然后,我和我的同伴慢慢出去捉萤火虫——就当是给你们的珍珠——我们回来的时候……"他停了下来,用左手在自己的脖子前划了一下。接着,他瞥了我一眼说道:"喜欢这个主意不?"

"喜欢,不过不要太过激动,"我说,"哪里有绳子?"

"衣柜那儿有。"黄昏一边回答,一边用他的一只耳朵指向墙角的方向。

我顺着墙边朝那个方向看了看。这时,马德尔突然发出微弱的呜咽声,眼睛开始向上翻,面部向下直挺挺地从椅子上摔了下来,昏死过去。

这让黄昏有点动摇了,他没料到会出现这样尴尬的一幕。他右手猛地一转,将柯尔特手枪对准马德尔的脊梁。

女孩把手悄悄地放进自己的包里,包被提起了一英寸。枪声响起,火焰喷出——那把枪巧妙地挂在一个夹子上,而黄昏以为在包里。

黄昏咳嗽了一声。随着砰的一声枪响,他的柯尔特手枪将马德尔刚才坐的那把椅子削掉一块木头。黄昏的柯尔特手枪掉落在地,他的下巴也耷拉在胸前,眼睛还试图朝天花板看。他的两条长腿在身前滑落,脚后跟与地板之间不时发出刺耳的摩擦声。他像个跛子瘫坐着,下巴垂在胸前,眼睛向上翻。他像个腌渍的核桃一样死了。

我一脚踢翻了多诺万屁股下的椅子,她重重地跌坐下来,头上的帽子也歪了,她尖叫起来。我踩着她的手,接着突然移动了一下,将她的手枪踢到阁楼的另一边。

"站起来。"

她慢慢地站起身来,咬着嘴唇,瞪着双眼,慢慢后退躲开我。此时此刻,她就像是一个陷入困境、一脸埋汰的小顽童。她不断后退,一直退到墙边,她的双眼在苍白的脸上忽闪忽闪的。

我瞥了一眼马德尔,朝一扇关着的门走去,门后是一个盥洗室。我转动钥匙,给那个女孩打了个手势。

"进去。"

她步履蹒跚地走了过来,从我的面前经过,差点儿都碰着我了。

"听好了,私家侦探……"

我把她推进盥洗室,猛地关上门,并且上了锁。如果她想从窗户跳出去逃跑,我也无所谓,我在楼下已经观察过这些窗户了。

我来到黄昏身边,摸了摸他的身体,在他的口袋里摸到一串系在环上的钥匙。我小心翼翼地掏出钥匙,免得将他从椅子上掀翻下来。此外,我并未寻找其他任何东西。

汽车钥匙也在钥匙环上。

我又看了看马德尔,发现他的手指雪白。我顺着那个狭窄、漆黑的楼梯下到一楼走廊,绕到房子的另一边,上了那辆停在棚子下面的老式旅行车,用其中的一把钥匙发动了车子。

汽车开动前猛烈地抖动了一下。我将车子倒回土路上,在路边停了下来。我没看见、也没听见房子里有什么动静。屋后及周边高大松树的树梢无精打采地摇摆着,冰冷的阳光不时从摇摆的树梢缝隙中透射下来。

我驾车返回议会大厦路,尽快地往市区开。车子路过广场和斯诺夸尔酒店,开上通向太平洋和西港的大桥。

九

汽车狂奔了一个小时才通过稀疏的林地。这期间，我有三次停车是为了加水，一次停车是因为汽缸垫密封垫片漏油，汽车发出嘎嘎的爆裂声，这让我陷入了一阵阵的声浪之中。宽阔的白色公路中央画着黄线，绕过一座小山的侧面；远处的建筑群在海洋的光芒前若隐若现，路也开始分岔。左边岔路口的路标上写着"西港——九英里"，但并不通往那里。它穿过一条锈迹斑斑的悬臂桥，进入一个受到暴风袭击的苹果园。

二十多分钟后，我将车开到了西港——一片沙地，后面的沙丘上零星地点缀着几间木架房屋。沙嘴的尽头是一条狭长的码头，而码头的尽头则是一条条帆船，那些降到一半的船帆不停地拍打着船的单桅杆。远处还有一个浮标航道和一条不规则长线，海水在隐藏的沙洲上泛起泡沫。

在沙洲的远处，太平洋的海水向日本翻滚着。这里是这个海岸的最前哨，是人们能够到达的最西部，也依旧属于美洲大陆。这里也是一个绝佳的地点，适合有犯罪前科的人藏匿几颗偷来的新土豆般大小的珍珠——如果他没有任何敌人的话。

我将车停在一间小屋前。小屋的前院有块牌子，上写"午餐、茶水、晚餐"。一个兔子脸、满脸雀斑的小个子男人正挥着耙子驱赶两只黑色的小鸡，小鸡似乎并不理会他。这时，他听见黄昏那辆车的发动机还在嘎嘎响，就转过身来。

我下了车，穿过一个边门，指着那个牌子问道："有现成的午饭吗？"

他将耙子扔向小鸡，在裤子上抹了抹手，瞥了我一眼。"我媳妇做好了，"他顽皮地低声向我透露说，"就是火腿和鸡蛋。"

"火腿和鸡蛋正合我意。"我说道。

我们走进了屋子。屋子里有三张桌子，上面铺着印花油布，墙上挂着几张彩色石印画，壁炉架子上的瓶子里装着一艘装备齐全的小船。我坐了下来。店主从一扇弹簧门走了出去，后来有人朝他吼了两句，接着就从厨房里传来了做饭的咝咝声。店主回来了，靠在我的肩旁，在油布上摆放了一些餐具和餐巾纸。

"这个点喝苹果白兰地太早了，不是吗？"他低声说道。

我告诉他，他说错了。他再次离开，拿回来几个玻璃杯和一夸脱纯净的琥珀色液体。他坐在我身边，倒上酒。这时，厨房里一个浑厚的男中音正在唱着《克洛伊》，声音超过了那些咝咝声。

我们碰杯、喝酒，等着酒劲儿爬上我们的脊梁。

"外地人，是吗？"小个子男人问道。

我说我是外地人。

"或许是来自西雅图？你身上穿的可是件好东西。"

"是来自西雅图。"我承认道。

"我们没接待过几个陌生人,"他一边说,一边看着我的左耳朵,"你并不是要去往其他地方,现在,先别否认……"他停了下来,将他那啄木鸟般敏锐的目光转移到我另一只耳朵上。

"啊,在否认之前……"我边说边做了一个大动作,并且故意喝了一口酒。

他靠了过来,气都吹到我下巴上了。"见鬼,你能在码头上任何鱼档口装载货物。你们捕获螃蟹和牡蛎,换来这些东西。见鬼,西港讨厌这种东西。他们将一箱箱苏格兰威士忌搬来给小孩子玩,先生,这个镇子里没有人会把汽车停到车库里。车库里装满了加拿大烈酒,都堆到屋顶了。见鬼,他们有一艘海警快艇,每周有一天来码头监视船只卸货。就是星期五,经常在同一天。"他向我使了个眼色。

我抽了一口烟。厨房里的咝咝声和那个演唱《克洛伊》的男中音还在继续。

"但是,见鬼,你不是做白酒生意的。"他说道。

"见鬼,我的确不是做白酒生意的,我是来买金鱼的。"我说道。

"那好吧。"他闷闷不乐地说道。

我给两人杯子里又倒满苹果白兰地酒。"这瓶酒我请客,"我说,"而且我还想再买几瓶带走。"

他高兴起来,"你叫啥名字来着?"

"马洛。你以为我说的金鱼是开玩笑呢,我可没开玩笑。"

"见鬼,小果(伙)子,那玩意儿又不能吃喝,是不?"

我拽了拽袖子。"你说我这衣服是个好玩意儿。没错,这些昂贵的品牌的确能挣钱。新牌子,一直都是新品种。我的情报是,这里有个老家伙,手里有真正的藏品。或许他会卖掉它,那些是他亲自养着的东西。"

一个长胡子的大个子女人一脚踢开弹簧门,大喊道:"来取火腿和鸡蛋!"

我们的店主急匆匆地跑过去,端回我的食物。我吃的时候,他就仔仔细细地看着我。没多久,他照着自己那条放在桌子底下的瘦腿,猛地拍了下去。

"老华莱士,"他咯咯地笑了起来,"没错,你是来看老华莱士的。见鬼,我们都对他不太了解,他压根儿不像一个邻居。"

他在椅子上转过身,透过薄薄的窗帘,指向远处的一座小山。山顶上有一座黄白相间的房子,在阳光下闪闪发亮。

"见鬼,那就是他住的地方。他有一大堆那些东西,金鱼,是吧?见鬼,你可得好好感谢我。"

得到这个消息,我立马对这个小个子男人失去了兴趣。我草草地吃完东西，付了钱，又以每夸脱一元的价格买了三夸脱苹果白兰地。和店主握了握手之后，我就出门返回旅行车上。

事情好像没什么可着急的。拉什·马德尔会从昏迷当中醒来，而且他还会给女孩开锁，但是他们压根儿也不知道西港，黄昏并未在他们面前提过这个地方。他们抵达奥林匹亚时，也不知道这一点，要不然他们早就赶往那里去了。如果他们在我的酒店房间外面听到过这些事的话，那他们就应该知道我并非独自一人。他们冲进来时，也没有表现出他们似乎已经知晓此事。

我有大把的时间。我驱车来到码头，仔细查看了一番，码头看起来条件艰苦。这里有一些鱼档口，几个喝酒的地方，一个专为渔民服务的小型低级夜总会，一个台球室，一个有老虎机和脱衣舞表演的拱廊。用来做鱼饵的鱼在一排桩子旁的大木桶中不安地蹦来跳去。这里还有一群游手好闲的人，他们看上去像是要给任何试图妨碍他们的人制造麻烦。我在周围也没有看到任何执法机关。

我驱车前往山上那栋黄白相间的房子。房子孤零零地坐落在山上，离周围最近的居民点也有四个街区的距离。房前有一些花，一片修剪过的绿草坪，一个石头堆砌的花园。一个身着褐色和白色相间的印花连衣裙的女人，正用喷枪喷施除蚜虫药。

我任由这辆破车自己熄火，从车里出来，摘下帽子。

"华莱士先生是住这里吗？"

这个女人面部俊俏，文静、沉着。她点了点头。

"你是想见他吗？"她声音平静，发音标准。

这声音一点儿也不像是一个邮车劫匪老婆的腔调。

我向她报出自己的名字，说我在镇上常听人谈论他的金鱼。我对那些品种珍贵的金鱼很感兴趣。

她放下喷枪，进了屋。很多蜜蜂围着我的脑袋嗡嗡叫，这些体型较大的毛茸茸蜜蜂一点儿也不介意海上吹来的冷风。在远处的沙洲上，海浪拍打岸边的声音更像是背景音乐。对我来说，北方的阳光显得有些阴冷，太阳中心似乎没有一点儿热量。

那个女人从屋子里走了出来，推开大门。

"他就在楼上，"她说道，"要是你愿意上楼的话。"

我从两把粗木摇椅旁走过去，走进了那栋房子，那里居住着一个偷窃利安德珍珠的男人。

十

楼上这个大房间里到处摆满了鱼缸，支架上摆着两层鱼缸，有几个带金属架子的椭圆形大鱼缸，有的鱼缸上面带灯，有的鱼缸下面带灯。鱼缸的玻璃被水藻覆盖着，水草随意地点缀其中；鱼缸里的水也呈现出一种可怕的绿光，五颜六色的鱼儿在这种绿光中游来游去。

鱼缸里有如金镖鱼一样细长的金鱼，有长着奇异的拖尾巴的日本纱尾金鱼，有身体像彩色玻璃一样透明的X光鱼，有半英寸长的小孔雀鱼，有像新娘婚纱一样的斑点突眼鱼，还有一些体型庞大、行动迟缓的中国摩尔鱼，这种鱼长着像望远镜般凸起的眼睛、青蛙般的脸庞以及一些多余的鱼鳍。它们就像是准备去吃午餐的大胖子一样在绿色的水里摇摇摆摆。

屋内大部分光线都来自房顶一个倾斜的大天窗。天窗下面那张无遮无盖的木桌旁，则站着一个骨瘦如柴的高个男子。他左手攥着一条不断扭动的红色金鱼，右手捏着一个背部贴着胶带的保险剃须刀片。

他挑起灰色的宽眉毛，看了看我。他的双眼凹陷、皮肤苍白，令人揣摩不透。我走到他的身边，低头看了看他手中的金鱼。

"真菌？"我问道。

他缓慢地点点头。"白腐真菌。"他将金鱼放在桌子上，小心翼翼地摊开鱼鳍。鱼鳍参差不齐，有的已经出现断裂，而且在不规则的边缘上还长有一些苔藓状的白色物质。

"白腐真菌，"他说道，"不算太糟糕。我给这个小家伙修剪一下，它就会非常健康了。先生，有什么可以效劳的？"

我一边用手指拧着一支香烟，一边对他笑了笑。

"跟人一样，"我说道，"我说的是金鱼，它们身体也会出故障。"

他将鱼按在木桌上，将那些不规则的鱼鳍修剪整齐。接着，他又展开鱼尾，也修剪了一番。金鱼已经不再扭动了。

"有些毛病你能医治，"他说道，"而有些你就治不好。譬如说，你就治不了鱼鳔病。"他抬头瞥了我一眼。"这样做不会伤害它的，你不要认为这会伤害它，"他说道，"你可以把一条鱼摔死，但你不能像伤害人那样伤害它。"

他放下剃须刀片，将一个棉签浸入一些淡紫色的液体中，并在刀片修剪过的地方涂了涂。接着，他将手指插到一个装有白凡士林的广口瓶中，又在修剪处涂抹了一次。最后，他把金鱼放在房间一侧的小鱼缸里。金鱼平静地游来游去，好似感到非常满足。

这个消瘦的男人擦了擦双手，在凳子的一边坐了下来，用他那毫无生气的双眼盯着我。很久之前，他应该是一个长相不错的家伙。

"你对金鱼感兴趣？"他问道。他的声音很低，就像是在牢房和放风区域那样平和、谨慎的喃喃自语。

我摇了摇头。"不是特别感兴趣。那只是一个借口。我是从大老远地方跑来见你的，赛普先生。"

他润了一下嘴唇，继续盯着我。再次开腔的时候，他的声音疲惫而柔和。

"先生，我的名字叫华莱士。"

我吐了一个烟圈，将手指从烟圈中穿了过去。"因为我工作的缘故，我不得不叫你赛普。"

他向前探了探身体，双手耷拉在两个瘦骨嶙峋的膝盖中间，接着又攥在一起，这双粗糙的大手当年一定干过不少的重活儿。他的头向我侧了侧，而他那蓬乱眉毛下毫无生气的双眼则显得很不友好，但是他的声音却一直柔和。

"这一年都没见过侦探了，也没和他们说过话，你是哪一伙的？"

"你猜。"我说道。

他的声音变得更加柔和。"听着，侦探。我已经在这里有了一个美好的家，过着平静的生活，没有人再来打扰我，也没人有这个权利，我直接获得了白宫的赦免。我摆弄这些金鱼，并且喜欢我所照顾的这一切。我不欠这个世界一个大子儿，我已经偿还清了。我妻子的钱足够养活我们，我唯一想要的，就是没人再来打扰我，侦探。"他不再说话，再次摇了摇头。"你们不能把我毁了——不能再这样了。"

我什么都没说，只是微笑地望着他。

"谁也不能动我，"他说，"我从白宫直接获得赦免。我只想不被人打扰。"

我摇了摇头，继续对他微笑着。"就这件事情你无法实现——除非你把东西交出来。"

"听着,"他温和地说道,"在这个案子上你或许是个新手,你可能感到很新鲜,想为自己扬名立万,但是对我来说,这事已经纠缠我差不多二十年了,还有一大帮人牵涉其中,他们中有些人也是非常聪明的。他们知道,我并没有拿什么不属于我的东西。从来没拿过,是别人拿去了。"

"那个邮差拿了,"我说道,"没错。"

"听着,"他依旧温和地说道,"我花了时间,我懂得这里面的诀窍。我知道他们会不停地猜想——只要记得此事的人还活着。我知道,他们不时会派一些年轻无知的家伙来搅和一番。没问题,我不会介意的,现在,我该怎么做才能再把你打发回去呢?"

我摇了摇头,目光从他的肩头掠过,看着那些在平静大鱼缸里游来游去的金鱼。我感觉有点累了,室内的寂静让我的脑海里涌现出多年前萦绕在心头的记忆。一列在黑暗中穿行的火车,一个藏在邮车上的持枪抢劫犯,一道枪口火光,一个死在地板上的邮差,一滴从某个水箱中滴下来的水滴,一个保守了十九年秘密的男人——差一点儿被他守住了。

"你犯了一个错误,"我慢慢说道,"还记得一个叫皮勒·马尔多的家伙吗?"

他抬起头。我看得出来,他正在努力回忆,这个名字好像与他无关。

"你在莱文沃思认识的一个家伙,"我说道,"就是监狱里那个把二十块面值的钞票撕成两半,然后粘上半张假币使用的小矮子。"

"哦,"他说,"我记得。"

"你曾经告诉他,说你有珍珠。"我说道。

我能看出来,他不信我说的话。"那我当时肯定是骗他的。"他面无表情地慢慢说道。

"或许是吧,但关键问题是,他可不是这么想的。前不久,他伙同另一个人来过这个地方,那个同伙自称叫黄昏。他们好像在什么地方见到你了,而且皮勒还认出了你。于是他就开始寻思着,自己怎么才能弄点钱花。不过,他是个瘾君子,而且他在梦里将这事说出来了。一个女孩得知了这个秘密,接着另一个女孩和一个讼棍也知道了。皮勒的脚被人用熨斗烫了,他已经死了。"

赛普一眼不眨地盯着我,他嘴角边的那些线条变得越来越深。

我挥了挥手中的香烟,继续说道:"我们不知道他究竟说了多少东西,但是那个讼棍和女孩现在就在奥林匹亚。黄昏也在那里,只是他已经死了,他们杀了他。我不知道他们是不是晓得你目前在哪里,但是他们日后会知道的,或者像他们那样的其他人将来也会知道的。如果警察没有找到那些珍珠,而且你并没有试图卖掉它们的话,你还能说服这些警察。你也能说服保险公司的人,甚至是邮局的人。"

赛普一动不动地坐在那里。他那双满是结疤的大手紧紧地握在一起,在他的膝盖中间也一动不动。他那双了无生气的眼睛只是盯着我。

"但是你说服不了那些骗子,"我说道,"他们从来都不消停。总是有那么三两个家伙有足够的时间、足够的金钱和足够的卑劣手段来打败你,他们总能以某种方式找到他们想知道的东西。他们会劫走你的妻子,或者把你带到树林里痛打你一顿。而你将不得不经历这些事情……现在我有一个体面的、合适的提议。"

"你是哪一伙的?"赛普突然问道,"我原以为你是个侦探,但是我现在不太确定。"

"保险公司的,"我说道,"这就是一场交易,总共两万五千块的奖金。五千块钱给那个告诉我消息的女孩,她是光明正大地得到这个消息的,因此她有权获得这部分奖金。一万块归我,我做了所有的工作,也调查了所有的持枪歹徒。另外一万块给你,通过我的手给你,你不能直接拿到一分钱。这里面还有什么问题吗?你看这个提议如何?"

"看起来还不错,"他温和地说道,"除了一件事,我没有珍珠,侦探。"

我瞪着他。那可是我的奖金,我也没有更多的钱了。我从墙边站起身,把烟头扔在木地板上,用脚踩灭,转身离开。

他站起身来,伸出一只手。"稍等片刻,"他严肃地说道,"我会证明给你看的。"

他从我面前走过去,走出了房间。我盯着那些金鱼,咬着嘴唇。我听见什么地方有汽车发动机的声音,不过离我们还有一段距离。我还很明显地听到附近房间里开关抽屉的声音。

赛普返回了金鱼房间,他那枯瘦的拳头里握着一把擦得锃亮的点四五柯尔特手枪,枪管看起来有人的前臂那么长。

他拿枪指着我,说道:"我这把枪里有珍珠,一共六颗。我能在六十码的位置打中一个苍蝇的胡须。你不是侦探,现在站起来赶紧离开——告诉你那些新朋友,我准备开枪把他们的牙齿打下来,哪一天都行,周日加倍。"

我纹丝不动。这个男人毫无生气的眼里有点疯狂的迹象,我不敢乱动。

"那都是些表面材料,"我缓缓说道,"我能证明我是侦探,你可是有犯罪前科的,就单凭你持有枪支,这也是重罪。放下枪,聊点正经的。"

我刚才听到的那辆汽车好像正停在屋子外面,刹车片嘎嘎一声响。接着就是一阵嘈杂的脚步声,走进花园里的步道,上了门前的台阶。突然传来了一声尖叫,那应该是有人被抓时发出的惊叫。

赛普在屋里不断向后退,一直退到桌子和一个能盛二三十加仑水的大鱼缸中间。他咧着嘴冲我笑了笑,那是一个陷入困境的斗士准备拼死一搏时露出的笑容。

"我知道你的那些朋友都跟上来了，"他慢吞吞地说道，"趁你现在还有时间——还有口气，把你的枪拿出来，扔到地上。"

我一动不动。我看了看他眼睛上方刚硬的头发，又看了看他的双眼。我知道，如果我一动——哪怕是按照他的指令去做——他都会开枪。

脚步声开始上楼了。那是些拖沓的脚步声，还带有一些挣扎声。

房间里进来了三个人。

十一

赛普太太首先进屋。她两腿僵硬，目光呆滞，胳膊僵硬地弯曲着，双手朝正前方抓着，似乎在摸索什么不存在的东西似的。她的背后顶着一把枪，是卡罗尔·多诺万的点三二小手枪，此刻这把枪正牢牢地握在卡罗尔·多诺万那双冷酷无情的小手里。

马德尔最后一个进来。他喝多了，满脸通红，表情粗鲁，估计是喝酒壮胆了。他用史密斯韦森转轮手枪对着我，瞥了我一眼。

卡罗尔·多诺万把赛普太太推到一边。这个老妇人绊倒在角落里，双膝跪地，满眼惊惶。

赛普盯着多诺万这个女孩。他感到非常吃惊，因为她只是个小女孩，而且年轻又漂亮，他还没有习惯和这种人打交道。看到这个女孩，赛普的火气也消了。如果进来的是男人的话，那肯定会被他打成筛子。

这个面色苍白的小女孩冷冰冰地看着他，以她那让人不寒而栗的声音说道："好啦，老爹。放下枪，现在别自讨没趣。"

赛普慢慢弯下腰，目光始终没离开她。他将自己那把大柯尔特手枪放到了地板上。

"老爹，把枪踢远点。"

赛普踢开手枪。枪在空荡荡的地板上滑行，一直滑到房间中央。

"这就对了，老家伙。你抓住他，拉什，我来对付这个侦探。"

两支手枪对调了一下目标，现在那双冷酷无情的灰色眼睛开始盯着我了。马德尔朝赛普跟前靠了靠，用他的史密斯韦森手枪指着赛普的胸口。

女孩笑了笑，不是那种善意的笑。"聪明的家伙，啊？你确定一直要冒这个风险，是吗？这下栽了吧，私家侦探。你都不搜一搜你那个皮包骨头的同伙，他一只鞋里还有一张小地图呢。"

"我不需要。"我心平气和地说道，朝她咧嘴笑了笑。

我尽量让自己笑得更有吸引力，因为赛普夫人正用双膝在地板上移动，她每移动一次就离赛普的柯尔特手枪更近一点儿。

"但是你们全都完蛋了，你和你的这张大笑脸都完蛋了。举起手来，我要缴了你的枪。举起来，先生。"

她是个女孩,身高大约有五尺二寸,体重不过一百二十磅,就是一个小女孩。而我六尺零半寸,体重一百九十五磅。我趁着举起双手的当口,击中了她的下巴。

这太疯狂了,但是我必须尽我所能,阻止多诺万和马德尔的行为,控制他们的枪支以及他们无法无天的言行。因此,我照着她的下巴猛击了一下。

她后退了一码,接着就开了枪,一颗子弹打中了我的肋骨。她开始倒下了,就像是慢动作影片那样,她慢慢地倒下来。这事好像办得有点儿并不明智。

赛普夫人拿起柯尔特手枪,朝女孩的后背开了一枪。

马德尔转过身来,就在这当口,赛普向他扑去。马德尔向后一跳,一边喊叫一边用枪再次指着赛普。赛普站着一动不动,消瘦的脸上再次露出那种准备拼死一搏的疯狂笑容。

女孩被柯尔特手枪中的子弹击倒在地,就像是在强风中被门拍倒一样。一阵疾风刮过,有什么东西砸中了我的胸口——她的脑袋。就在她试图重新站起来时,我盯着她的脸看了好一会儿,那张奇怪的脸我以前从未见过。

接着,她在我脚下的地板上蜷成一团,瘦小的身躯一动不动,没了生命的迹象,红色的血液从她身下流出。而她身后那个斯斯文文的高个子女人的双手中还紧握着柯尔特手枪,枪口冒着烟。

马德尔朝着赛普开了两枪。赛普面带笑容仆倒在地,还撞到了桌角,他刚才涂抹生病金鱼伤口的淡紫色液体也洒在他的身上。就在他倒地的时候,马德尔又向他开了一枪。

我猛地拔出我的鲁格尔手枪,朝马德尔开了一枪,击中了我能想到的最疼却不可能致命的地方——膝盖内侧。他跪倒在地,就好像是被一个隐藏的电线绊倒了一样。他还没来得及呻吟,我就给他戴上了手铐。

我把那些枪一一踢开,又来到赛普夫人身边,从她手里拿走那把柯尔特大手枪。

有那么一会儿,屋子里非常安静。硝烟形成的旋涡被风带往天窗口,在午后的阳光中呈现出朦胧的灰白色。我听见远处海浪在咆哮,接着,我又听到一个近在咫尺的口哨声。

这是赛普想要说点什么。他的妻子依旧双膝跪地,爬到他的跟前,依偎在他的身边。他的嘴上流着血沫,他非常困难地眨了眨眼睛,试图清理一下思绪。他抬头微笑地看着她,用颤抖而微弱的声音说道:"摩尔鱼,海蒂——摩尔鱼。"

接着,他的脖子垂了下去,脸上的笑容逐渐消失了,头也歪向一侧的地板上。

赛普夫人摸了摸他的身体，然后非常缓慢地站起身来，朝我看了看，内心平静，毫无悲伤。

她用低沉清晰的声音说道："你能帮我把他抬到床上去吗？我不喜欢他和这帮人一起躺在这里。"

我说："当然可以。他刚才说了什么？"

"我不知道。我想，就是一些有关他的金鱼的废话吧。"

我抬起赛普的双肩，她抬着双脚。我们就这样把他搬进卧室，放到床上。她将他的双手交叉放在胸口，帮他合上双眼。接着，她走到窗前，把百叶窗拉了下来。

"好了，谢谢你，"她说着，却没有抬眼看我，"电话在楼下。"

她在床边的一把椅子上坐了下来，把头靠在赛普胳膊旁的被单上。

我走出房间，关上门。

十二

马德尔的腿虽然还在缓慢地流血，但他并无性命之忧。当我用手帕紧紧地系在他的膝盖上为他止血的时候，他满眼恐惧地看着我。我推测，他的腿上断了一根筋腱，可能还坏了一块膝盖骨。等警察过来逮捕他时，他走路可能会有点跛。

我下了楼，站在门廊上看着面前的两辆汽车。然后，我开车下山朝码头驶去。没人能说清楚这些枪声来自哪里，除非他碰巧从这里经过。更可能的是，甚至没有人注意到枪声。或许是因为周边树林中这样的声音太多了。

我回到那栋房子，看了看起居室墙上的那台曲柄电话，却没有报警，还有一些事情困扰着我。我点了支烟，凝视着窗外，耳边响起了一个幽灵般的声音："摩尔鱼，海蒂——摩尔鱼。"

我返回楼上那间存放金鱼的屋子。马德尔此刻正在呻吟着，一边呻吟一边喘着粗气。我怎么会关心像马德尔这样的一个凶手呢？

那个女孩已经没气儿了。所有的鱼缸完好无损，鱼儿在它们绿色的水中平静地游来游去，缓慢且从容。它们也不关心马德尔的死活。

那个盛着黑色中国摩尔金鱼的鱼缸就在另一边的拐角里，大约能容纳十加仑的水量。缸里只有四条摩尔金鱼，都是大家伙，体长大约四英寸，通体乌黑。其中两条正在水面上吸氧，另外两条则在鱼缸底部慢吞吞地游弋着。它们深黑色的身体上长着飘逸的尾巴和高高的鱼鳍。当这些金鱼头朝着你游过来时，那双鼓鼓的蓝龙睛让它们看起来像个青蛙。

我看着它们在鱼缸里不断生长的绿色水藻中笨拙地游来游去，一对红色的椎实螺正在清理鱼缸的玻璃。鱼缸底部的两条金鱼看起来比鱼缸上方的两条金鱼更肥些，行动也更迟缓些。我不明白这究竟是什么原因。

在两个鱼缸中间有一个用木棍做成的长柄捞鱼网。我拿起捞鱼网，伸到鱼缸底部，捕获其中一只大的摩尔金鱼，把它捞了出来。我把渔网中的金鱼翻了个身，看了看它那淡银色的肚皮。我看到一条看起来像是缝合线的东西。我用手摸了摸缝合的部位，那下面有个硬块。

我将鱼缸底部的另外一条金鱼也捞了出来，发现了相同的缝合线，相同的圆形硬块。我又将其中一条在水面吸氧的金鱼捞了出来，它的腹部没有缝合线，没有圆形硬块。它也比其他两条鱼更难抓些。

我把它放回鱼缸。我的任务就是对付那两条金鱼。我跟其他人一样喜爱金鱼，但工作就是工作，犯罪就是犯罪。我脱掉外套，撸起袖子，捡起桌子上那个背部贴有胶带的剃须刀片。

这可是个麻烦活，花了我大概五分钟时间。接着，它们就躺在我的手心里了：直径有四分之三英寸，手感很沉，通体浑圆，色泽乳白，内部微微发光，这些都是其他珠宝所不具有的品质。

我把这些利安德珍珠清洗干净，又包进我的手帕里。接着，我撸下袖子，穿上外套。我看了看马德尔，看到他那双被痛苦和恐惧折磨的双眼，以及他脸上的冷汗。我一点儿也不关心马德尔。他是一个杀人犯，一个虐待者。

我走出了金鱼屋。卧室的门依旧关着，我来到楼下，拨通了墙上的电话。

"这里是西港华莱士家,"我说道,"这里发生了意外事故。我们需要一名医生,我们还要报警。你能帮帮我吗?"

一个女孩在电话里说道:"我们会尽力给你找个医生,华莱士先生。不过,这需要一段时间。西港那里的镇上住着一位警察局长。可以让他去帮忙吗?"

"我认为可以。"我说完后,对她表示感谢,然后挂了电话。

我又点了一支烟,坐在门廊里一把手工粗糙的摇椅上。不一会儿,传来一阵脚步声,赛普太太从屋里走了出来。她站在那里朝山下看了一会儿,接着她在我身边的另一把摇椅上坐了下来。她一直看着我,眼里没有悲伤。

"我猜你是一个侦探。"她慢慢地、犹犹豫豫地说道。

"是的,我是利安德珠宝投保的那家保险公司派来的。"

她把视线转移到远方。"我原以为他在这里能过上安稳的日子,"她说道,"以为没有人会再来打扰他,以为这个地方将会是一个避难所。"

"他不应该试图将这些珍珠藏起来。"

她扭过头,这次转得很快。不过,她现在看起来茫然若失,随后又有点儿惊恐万分。

我把手伸进口袋,掏出那条包起来的手帕,在我的手掌心里打开。

两颗珍珠一起躺在白色的亚麻布上,价值二十万的珍珠值得杀人。

"他原本是可以拥有他这个避难所的,"我说道,"没人想从他那里收走这个地方。但是他对此并不满足。"

她慢慢地、恋恋不舍地看着这两颗珍珠。接着,她的嘴唇抽动了一下。她的声音变得沙哑起来。

"可怜的瓦力,"她说道,"这么说是你找到这两颗珍珠的。要知道,你真的很聪明。为了藏这两个东西,他杀了几十条金鱼才学会这个小把戏。"她抬头看了看我的脸,眼神中流露出一丝诧异。

她继续说道:"我一直反感这个主意。你还记得《旧约》中的替罪羊原理吗?"

我摇了摇头,表示不知道。

"人类将他们的罪恶转嫁到动物身上,然后动物被驱逐到荒野中。这些金鱼就是他的替罪羊。"

她对我笑了笑,我对她却笑不出来。

她依旧微微笑道:"你晓得,他曾经拥有这些珍珠,货真价实的珍珠。对他来说,那些苦难好像让他觉得这些珍珠就是他的了。但是,即便他再次找到这些珍珠,他也本不应该从中获利。他在狱中的时候,好像是有些路标修改了,后来他在爱达华州再也找不到珍珠埋藏点了。"

这时,我突然觉得脊背上有一根冰冷的手指在慢慢地上下移动。

我张开嘴,猜想可能是我自己的声音说道:"啊?"

她伸出一根手指,摸了摸其中一个珍珠。我依旧伸着手,把珍珠给她看,我的手就好像是钉在墙上的架子一样动弹不得。

"于是,他买了这些珍珠,"她说道,"在西雅图买的。这些珍珠中间是空的,填充物是白蜡,我忘了他们怎么称呼这个工序的了。这些珍珠看起来非常好,当然,我从未见过真正值钱的珍珠。"

"他为什么要买这些呢?"我用沙哑的声音问道。

"你知道吗?这些都是他的罪孽。他不得不将它们藏在荒野中,藏到这个荒郊野外。他把它们藏在鱼腹里,而且你知道……"她又向我靠了靠,而且眼睛发亮。她非常缓慢、非常诚挚地说道,"有时候,我认为,最后,也就是在去年,他真的相信自己藏的那些珍珠是真的。所以这对你来说又意味着什么呢?"

我低头看了看手中的珍珠和手帕,慢慢地将珍珠包了起来。

我说道:"赛普夫人,我就是个普通人。我想,你说的那个替罪羊的观点我也理解不了。我想说的是,他只是有点自欺欺人了——就像那些通常的失败者一样。"

她又笑了笑,她笑的时候非常漂亮。接着,她轻松地耸了耸肩。

"当然,你可以那么理解。但对我来说……"她摊开双手,"哦,好啦,现在这已经无关紧要了。我可以把这些珍珠当纪念品保留吗?"

"保留它们？"

"这……这些假冒珍珠。当然，你不会……"

我站起身来。一辆老式的福特敞篷跑车正突突突地朝山上开来，车里人的马甲上戴着一枚大星章。汽车马达的咔嗒咔嗒声就像是动物园里那些发怒的光头老猩猩发出的唧唧叫声一般。

赛普夫人站在我的身旁，一只手半伸着，满脸明显的恳求神情。

我突然恶狠狠地冲她咧了咧嘴。

"是的，你那会儿演得还真不错，"我说道，"该死，我差点儿上当受骗了。夫人，我现在冷静下来了！不过，你也提醒我了。'赝品'这个幌子和你的表现完全不符。你拿柯尔特手枪时不仅动作迅速，而且下手残忍。赛普的遗言，'摩尔金鱼，海蒂——摩尔金鱼'把事情搞砸了。如果说那些珍珠只是冒名顶替的赝品，那他临死前就不会如此操心。另外，他才不会愚蠢到从头到尾自己欺骗自己呢。"

有那么一会儿工夫，她面不改色。然后她的脸色大变，眼中流露出某种可怕的神情。她噘着嘴，朝我啐了一口。接着，她猛地撞开房门，进了屋子。

我把那两个能赚两万五奖金的珍珠包好，放进了我的内衣口袋。一万两千五的奖金归我，一万两千五归凯西·霍恩。当我把支票给她时，当她将钱存到银行，等着约翰尼获得昆丁监狱的假释时，我能想象她那一刻的眼神。

福特跑车在其他两辆车后面停了下来。开车的男人往路边啐了一口，猛拉了一下应急刹车，没开车门就直接跳了出来。他身着衬衫，是个大块头。

我下了台阶来迎接他。

西班牙血盟

一

大约翰·马斯特斯身材魁梧，肚大腰圆，油腔滑调。他那泛着蓝光的下巴油光发亮，粗厚的手指上每个指关节都是凹陷的。他的棕色头发齐刷刷地从前额梳到后脑勺，上身穿着一套带有口袋的深红色西装和一件棕褐色的丝绸衬衫，脖子上还系着一条深红色的领带。他嘴里叼着一根粗粗的棕色雪茄，上面印满了红色和金色的条纹。

他皱着鼻子，再次瞥了瞥自己的牌面，忍着不去咧嘴笑出声，说道："戴夫，再给我发张牌！别给我发市政厅这张牌哈。"

这次发的是"四点"和"二点"两张牌。戴夫·奥吉认真地瞅了瞅桌子对面的牌,又低头看了看手中自己的牌。他是个瘦高个儿,瘦长面孔,头发也和潮湿沙土一样颜色。他将手中的牌平摊开来,慢慢揭开最上面的一张,将它掷到了桌面。那是一张黑桃皇后。

这时,大约翰·马斯特斯张着大嘴,晃动着手里的雪茄,心中一阵窃喜。

"掏钱吧!戴夫,一次定输赢,这次女王算是出对了。"他几近炫耀地翻开扣在桌上的牌,是"五点"。

戴夫·奥吉非常有礼貌地微微一笑,一动不动。一阵柔和的电话铃声在他身边响起,电话就在挂有长丝绸窗帘的非常高的尖顶窗那边。他把烟从嘴中拿出来,小心翼翼地放在牌桌边小凳子上的托盘边沿处,伸手去接窗帘后面的电话。

他对着话筒讲话,语气冷酷,近似于在窃窃私语,然后又听对方说了很长时间。他的淡绿色的眼睛里看不出有什么变化,瘦长的脸上也没有显露出丝毫情感的波动。马斯特斯变得局促不安,紧咬着他的雪茄。

漫长的等待之后,奥吉说道:"好吧,我们会通知你的。"他放下电话听筒,又将电话机放到了窗帘后面。

他拿起托盘边上的香烟,揪了揪自己的耳垂。马斯特斯咒骂道:"天哪!发生了什么?快给我十块钱!"

奥吉冷冷地笑了笑,身体向后靠了靠。他伸手拿了一杯酒,抿了一口又放下,嘴里叼着烟开始说话。他的一举一动都不紧不慢,若有所思,几乎算得上是心不在焉。他说道:"约翰,我们俩都算是聪明人,对吗?"

"没错!我们将拥有整个城市,但它对我的二十一点游戏可没多大用处。"

"再过两个月就要选举了,对吗,约翰?"

马斯特斯怒视着他,从兜里摸出了一支雪茄塞到嘴边。

"那又怎样呢?"

"假如我们最强势的对手发生了什么意外,就是现在!这是一个好主意,还是一个坏主意呢?"

"啊?"马斯特斯扬起那粗密的眉毛,他的整张脸都好像在为推动眉毛而费尽全力。他思索片刻,没好气地说道,"如果他们没有很快就抓住罪犯,那可就糟糕透了。该死!选民们会认为是我们雇人干的。"

"你谈论的是谋杀,约翰。"奥吉耐心地说,"我可从来没说什么谋杀的事情。"

马斯特斯的眉毛松弛下来,接着又从鼻孔里扯下了一根粗而黑的鼻毛。

"好啦,有什么话快说!"

奥吉微笑着，吐出一串烟圈，看着它飘浮在空中，随后又消散成缕缕青烟。

"我刚刚接到一个电话，"他轻声说，"多尼·马尔死了。"

马斯特斯缓慢地挪动着。他的身体缓缓地靠向牌桌，最后完全趴在了上面。当他的身体再也无法向前靠时，他的下巴伸了出来，直到他下颚的肌肉绷得就像粗大的电线一般。

"啊？"他声音低沉地说道，"啊？"

奥吉点点头，冷静如冰。"不过，约翰，你说的谋杀算是说对了。的的确确是谋杀，就在大约半小时以前，在他的办公室。但他们至今还不知道是谁干的！"

马斯特斯沉重地耸耸肩，身体向后一靠。他呆呆地看了看周围，突然开始大笑。他的笑声似咆哮，似怒吼，穿过他们两人端坐的小塔楼状的房间，传到了远处宽敞的客厅里，回荡在迷宫般的厚重的深色家具之间。客厅里落地台灯多得可以照亮一条大马路，墙上挂着两幅用巨大金色画框装裱的油画。

奥吉坐在那里，一言不发。他缓缓地将烟头按灭在烟灰缸里，直到一丁点儿火星都没有，只留下一层厚厚的黑烟灰。他将纤瘦手指上的烟灰弹了弹，坐在那里等候着。

马斯特斯突然不笑了，就跟他开始笑时一样突然，屋子里十分宁静。

马斯特斯看起来有些疲倦，他擦了擦他的大脸。

"戴夫，我们必须要做些什么了，"他静静地说着，"我差点忘了。我们必须尽快破案，这可是个爆炸性事件。"

奥吉又一次来到窗帘后面，把电话拿了出来，并将其推到了散满牌的桌面。

"好的——我们知道该怎么做，不是吗？"他冷静地说道。

大约翰·马斯特斯模糊不清的棕色眼睛里闪现出了一抹狡猾的光芒。他舔了舔嘴唇，伸出他那双大手去拿电话。

"是的，"他轻快地说，"我们知道，戴夫，我们当然知道！通过……"

他用那粗大的手指拨着电话号码盘，转盘上的按键孔都差点儿盛不下他的手指头了。

二

即使已经死了，多尼·马尔的脸仍旧看起来冷酷、整洁、自信。他身着柔软的灰色法兰绒外套，头发的颜色和西装的一样，顺着红润、年轻的脸庞往后梳。他前额骨处的皮肤苍白，这应该是他站立时，额骨处的头发经常垂下来遮住这块皮肤的缘故，而其他地方的皮肤则被晒得黝黑。

他正躺在一张蓝色的办公软椅上。一支已经熄灭了的雪茄被搁在一个边缘印有铜质灰色狗图标的烟灰缸里。多尼的左手搭在椅子边上，右手放在桌面上，手里还松松垮垮地握着一把手枪。阳光从他身后紧闭的大窗户照射进来，将他修磨过的指甲照耀得闪闪发光。

鲜血浸透了他的左半边马甲，就连灰色的法兰绒外套也几乎变成了黑色。他完全死了，死了好一会儿了。

一个肤色黝黑、身材瘦削、少言寡语的高个子男人斜靠着棕色的红木档案柜，目不转睛地盯着死者。他双手插在整洁的蓝哔叽西服口袋里，脑后斜戴着一顶草帽，但他的眼神和紧闭着的嘴唇却没有显露出丝毫的草率。

另一个身材高大、淡黄色头发的男人正在蓝色地毯上搜寻着。他弯着腰，气喘吁吁地说道："没有弹壳，山姆。"

这个肤色黝黑的男子一动不动，也没有搭腔。另一个男子站起身，打了个呵欠，看着椅子上的死者。

"见鬼！这真他妈的讨厌。还有两个月就要选举了，伙计，这不是给人出难题吗？"

肤色黝黑的男子慢悠悠地说道："我们过去一起去上学，是铁哥们儿，曾经同时喜欢上一个女孩儿，他赢了，但我们三个仍旧是好朋友。他一直都很优秀……或许聪明过头了。"

淡黄色头发的男子在屋里走来走去，没有碰任何东西。他弯腰闻了闻桌上的枪,摇摇头说道:"这把枪没有开过。"他皱了皱鼻子,嗅了嗅空气。"这儿有空调,上面有三层楼,还有隔音装备,真是个高级玩意儿。他们告诉我说,这整栋楼都是焊接的,里面一个铆钉也没有。你听说过吗,山姆?"

肤色黝黑的男子缓慢地摇了摇头。

"不知助理当时在哪?"淡黄色头发的男子继续说,"像他这种大人物身边总有不止一个女孩儿。"

肤色黝黑的男子再次摇摇头。"我猜就是这样!皮特,她出去吃午饭,而他就似一匹孤狼,像鼬鼠一样机警。他本该在几年后接管整个城市的。"

淡黄色头发的男子此时就站在书桌后,几乎斜靠到了死者的肩膀上。他正低头看着那个浅黄色纸张皮革底面的预约本。他慢条斯理地说道:"有个叫伊马利的人预约了十二点十五分在这儿见面。本子上只有这一个约会。"

他瞥了一眼手腕上的廉价手表。"一点半了,已经过去很久了。伊马利是谁呢?……嗯,等等!有个助理地方检察官叫伊马利,他给马斯特斯和奥吉那队投票,而且他正在竞选法官。你觉不觉得——"

突然传来一阵匆忙的敲门声。这间办公室太长了,这两个男人不得不想了好一会儿,才弄清楚这三扇门他们该开哪一扇。随后,淡黄色头发的男子朝离他们最远的那扇门走去,边走边回过头说道:"也许是法医处的人。如果把这件事泄露给了你最要好的记者朋友,你的工作就要丢了。我说得对吗?"

肤色黝黑的男子没有回应。他缓慢地走回到书桌旁,身体稍稍前倾,温和地对死者说了起来。

"再见了,多尼,放心去吧!我会照顾好一切,我会照顾好贝拉的。"

办公室尽头的那扇门打开了,一位精神抖擞的男子拿着手提包走了进来。他疾步踏过蓝地毯,将包放在了书桌上面。淡黄色头发的男子关上了门,将围观群众堵在门外,又慢慢地回到书桌旁。

精神抖擞的男子歪着脑袋在查看尸体。"两处枪伤,"他喃喃自语道,"看起来像是点三二口径的——很坚硬的子弹,距离心脏很近,但却没有击中。他一定没多会儿就死了,也许就在一两分钟之内。"

肤色黝黑的男子发出了厌恶的声响。他走到窗边,背对着屋子站着,看着外面高楼大厦的楼顶和温暖湛蓝的天空。淡黄色头发的男子看着法医处的人扒开死者的眼皮。他说道:"希望军火专家能来这里一趟。我想打个电话,这个伊马利……"

肤色黝黑的男子微微转过头,木讷地笑了笑。"打吧,这件事情不可能成为秘密的。"

"噢,我不知道,"法医处的人一边说一边弯着手腕,用手背去碰了碰死者的脸部。"德拉杰拉,或许其中该死的政治因素并不像你想象的那样。他可是一个长相帅气的死尸。"

淡黄色头发的男子小心谨慎地拿起用手帕包着的电话,摘下话筒,拨动号码,并用手帕拿起话筒放到耳边。

过了一会儿,他点点下巴,说道:"喂,我是皮特·马库斯,把探长叫醒。"他打了个呵欠,继续等着。然后,他用另一种不同的语调说道:"探长,我们是马库斯和德拉杰拉,在多尼·马尔的办公室里给你打的电话。这里还没有记者和摄影师……啊?……封锁这儿直到局长来?……好的……是,他在这儿。"

肤色黝黑的男子转过身,电话旁的男子向他招了招手。"接电话,西班牙人。"

山姆·德拉杰拉接过电话听起来,忽略了那个用来包裹电话的手帕。他的脸色变得难看,他轻轻地说道:"没错,我认识他……但我和他不住一块儿……事发时只有他的秘书在场,是个女孩儿,是她打电话报的警。预约本上记着一个名字——伊马利,约在十二点十五分见面。不,我们至今还没有碰任何东西……没有……好的,马上!"

他慢慢地挂上电话,慢到几乎听不到话筒和座机触碰的声音。他手还停留在电话机上,随后突然重重地甩在了身边。他的声音变得沙哑。

"我被调离这儿了,皮特,你要封锁这儿等德鲁局长来。任何人都不能进来，管他是白人、黑人还是切罗基人。"

"他们为什么要把你调走？"淡黄色头发的男子愤怒地叫嚷道。

"不知道，这是命令。"德拉杰拉沉闷地说。

法医处的人这时不再填写表格，抬头好奇地斜眼看着德拉杰拉，目光犀利。

德拉杰拉穿过办公室，从联络门走了出去。外面有一间面积小一点儿的办公室，其中一部分被分隔为等候室，里面有一套皮椅和一张桌子，桌上摆有杂志。柜台里面是一张放置打字机的桌子，还有一个保险箱和一些文件柜。一个皮肤黝黑的小个子女孩坐在桌上，头掩在揉成团的手帕里，帽子歪歪地扣在头上。她肩膀颤抖着，连续不断的啜泣声就像急促的喘气声。

德拉杰拉拍了拍她的肩膀。她抬头看着他，泪流满面，撇着嘴。他低头对满脸疑惑的她笑了笑，温和地说道："你已经给马尔太太打过电话了吗？"

她点了点头，沉默不语，重重的啜泣使她不由自主地抖了一下。他又拍拍她的肩膀，在她旁边站了一会儿，接着走了出去。他双唇紧闭，乌黑的眼眶里闪烁出冷酷而忧郁的光芒。

三

那条名为德内弗巷的混凝土路狭窄蜿蜒,路的尽头坐落着一座面积巨大的英式房屋。草坪里的草长得太过茂盛,将石头铺成的弯弯曲曲的小径遮掩了一半。前门上方有座山墙,墙上爬满了常春藤。房子周围绿树环绕,使得房子看上去有些阴暗,似乎年代久远。

德内弗巷里的所有房子都具有相同的风格,那就是不想太引人注目。不过,那些用来遮挡车道和车库的高大绿色篱笆却经过了精心的修剪,就像对待法国狮子狗的毛发一样。草坪对面大面积金黄色和火焰色的剑兰看上去也没有丝毫的幽暗感或者神秘感。

德拉杰拉从一辆棕褐色的凯迪拉克敞篷旅行车上下来。这是辆老款车,既笨重又不干净,一块紧绷的帆布搭在车的后半部当作行李厢盖。德拉杰拉戴着一顶白色的亚麻帽,一副墨镜。他已经换掉了蓝色哔叽外套,穿上了带有短拉链夹克的灰色户外套装。

他看起来不太像名警察。在多尼·马尔办公室里,他一直就看起来不太像警察。他漫步在石头铺成的小路上,走到房屋前门口时,摸了摸门上的黄铜门环,接着并没有敲门,他按了一下门旁边那个几乎被常春藤盖住了的门铃。

之后是漫长的等待。这天天气温暖,非常安静。蜜蜂飞旋在温暖明亮的草丛之上嗡嗡盘旋,远处的割草机传来呼呼的旋转声。

门被人缓缓拉开,一张肤色黝黑的面孔伸出来望着他。那是一张大长脸,表情悲伤,涂着淡紫色胭脂的脸上还挂满了泪痕。那张黑脸勉强露出笑容,她吞吞吐吐地说道:"您好,山姆先生。真高兴见到您。"

德拉杰拉摘下帽子,晃着手里的墨镜。他说:"你好,米妮。很抱歉,我不得不见上马尔太太一面。"

"当然可以。进来吧,山姆先生。"

女仆往旁边一站,他就走进一个铺有瓷砖地面的幽暗大厅。"还没有记者来吧?"

女仆缓缓地摇摇头。她那温柔的棕色眼睛里充满了因受惊吓而造成的茫然。

"目前没有人来过……她回来时间不长,一直沉默不语。她就站在那儿,站在一个没有阳光的日光房中。"

德拉杰拉点点头,说道:"米妮,不要告诉任何人。他们想先保密一段时间,不能登报。"

"山姆先生,我们不会透露的,一点儿都不会。"

德拉杰拉对她笑了笑,蹑手蹑脚地顺着铺有瓷砖的大厅悄悄地走到房屋后面,然后转身走进另一间大厅,这两间大厅呈直角相通。他敲了敲门,无人回应。他转动门把手,走进一间狭窄的房间里。尽管房间里有很多扇窗户,却仍旧光线昏暗。树木紧挨着窗户生长,它的叶子都紧贴在了玻璃上。有些窗户还拉上了长长的大花棉布窗帘。

屋子中间的那个高个子女生看都没看德拉杰拉,只是一动不动地站着。她注视着窗户,双手紧握着垂在身体两边。

她有一头好像能聚集所有光线的红棕色的头发,在她那冷酷漂亮的脸蛋周围生成一个柔和的光晕。她穿着一件有口袋的蓝色天鹅绒套装,胸前的口袋里装着一条镶有蓝色花边的白手帕,被叠得整整齐齐的,就像一个纨绔子弟那样。

德拉杰拉等待着,让他的眼睛逐渐适应屋里昏暗的环境。过了一会儿,女士那低沉而沙哑的说话声打破了屋里的静寂。

"嗯……他们杀了他,山姆,他们最终还是杀了他。他难道就那么让人憎恨吗?"

德拉杰拉轻声说:"他从事的工作很艰难,贝拉。我想他已经尽力不让自己同流合污,可最终还是难免树了敌。"

她缓缓转过头看着德拉杰拉。灯光在她的发际闪烁,头发里金光闪闪。她的眼睛生动明亮,蓝得惊人。她用略带颤抖的声音问道:"谁杀了他,山姆?你们有眉目了吗?"

德拉杰拉慢慢点点头,坐到藤椅上,在膝盖间摆弄着他的帽子和墨镜。

"是的,我们认为已经知道这事是谁干的了。是一个叫伊马利的男子,一名助理检察官。"

"天哪!"女士吸了口气,"这个城市还要腐败到什么程度?"

德拉杰拉继续沉闷地说道:"事情经过就是这样——如果你确定想知道……"

"我想知道,山姆。无论我看哪里,他的眼睛都好像在墙上盯着我看,让我去做些什么。他对我相当好,山姆。当然,我们也有自己的问题,可是……那都说明不了什么。"

德拉杰拉说道:"在马斯特斯和奥吉那伙人的支持下,这个伊马利正想要竞选法官。他和他们一起过着灯红酒绿的生活,好像他常常和夜总会的一个叫斯黛拉·拉莫特的女子鬼混。无论如何,无论以何种方式,反正他们一起酗酒和赤身裸体的照片已经被拍到了。多尼拿到了照片,贝拉,这些照片是在他的书桌里找到的。根据他桌上的预约本记录,他和伊马利约在十二点十五分见面。我们推测,他们当时有过争执,伊马利还揍了多尼一拳。"

"是你找到那些照片的吗,山姆?"女士平静地问道。

他摇摇头,虚伪地笑了笑,说道:"不是。如果是我找到的,我想我应该会扔了它。是德鲁局长找到的……在我被调离这个案子之后。"

贝拉的头猛地转向德拉杰拉,她那双碧蓝色的眼睛瞪得很大,"调离这个案子?你……多尼的朋友?"

"没错！不要太大惊小怪。我是一名警察，贝拉，我得服从命令。"

她没吭声，也不再看他。过了一会儿，他说道："我想要你在普马湖度假房屋的钥匙，我要去那儿仔细找找，看看有没有什么证据。多尼在那儿开过会。"

女士的神情变了，变得差不多满脸轻蔑。她的嗓音空洞："我去给你拿钥匙。不过，你在那儿什么也找不到的，如果你正帮他们寻找多尼的劣迹——这样他们就能够给伊马利这个人洗清嫌疑……"

他微微一笑，缓缓地摇了摇头，眼睛里流露出非常真诚、非常悲伤的神情。

"简直是胡说八道，贝拉。我如果那样做了，我就得先把警徽摘下来了。"

"我知道了。"贝拉从他身旁走过，出了房间。其间，他一直坐在那儿，眼神空洞地注视着墙面，脸上的表情很痛苦。他把嗓音压得很低，轻轻地咒骂着。

女人回来了，走到他跟前，向他伸出手。有一样什么东西伴随着清脆的叮当声落入他的手掌心。

"给你钥匙，警官。"

德拉杰拉站起身来，把钥匙装进口袋，他的脸部表情变得呆板。贝拉·马尔来到桌子前，用指甲用力抠开一个景泰蓝盒子，拿出一支香烟。她转身背对着他说道:"我认为,你不会有什么好运的。非常糟糕的是,眼下你只知道多尼进行敲诈勒索了。"

德拉杰拉慢慢呼了一口气,站了一会儿,接着转过脸轻声地说:"好吧。"他的语气现在相当轻松,好像这是一个好日子,没人被杀害一样。

他走到门口时,又转过身说道:"我回来后会来看你,贝拉。也许那时候你会感觉好一些。"

她没有搭腔,只是一动不动地站在那里,僵硬地拿着那支没有点燃的烟放在嘴边。过了一会儿,德拉杰拉接着说道:"你应该知道我的心情,我和多尼原来就像亲兄弟一般。我……我听说你和他相处得不是很愉快……我很高兴,因为这些鬼话都是错的。不过,你也不要太难过了,贝拉,没有什么可难过的……有我在。"

他停了几秒,注视着贝拉的背影。她还是一动不动,一句话不说,他便走了出去。

四

一条狭窄崎岖的小路从公路上分岔开来,顺着湖面上小山的一侧向前延伸。在松树林中随处可见一些小木屋的房顶,一座敞着门的棚子矗立在山边。德拉杰拉把他那辆落满灰尘的凯迪拉克停放在棚子里,爬下一条狭窄的小路往湖边走去。

湖水一片深蓝，不过水很浅。湖面上漂浮着两三条独木舟，湖湾附近传来了远处舷外发动机的阵阵突突声。他踏着松针在茂密的灌木丛中往前走，绕过一个树桩，穿过一座乡间小桥，来到了马尔居住的小木屋。

小屋是由半圆形的木头建造而成的，靠近湖边的一侧有道宽阔的走廊。它看起来不仅偏僻，而且空荡荡的。桥下流淌的泉水在房子旁边绕弯而行，走廊的尽头转向一块块巨大的平板石，泉水在石头上细细流淌。春天水位升高时，这些石头便会被淹没。

德拉杰拉踏上木质台阶，从口袋里掏出钥匙，打开笨重的前门，然后在门廊上站了一小会儿，点了根烟，才走了进去。感受过城市的喧闹，这里显得非常宁静惬意，凉爽清新。一只山蓝鸟蹲在树桩上，啄着自己的翅膀。在湖的另一端，一个人正在弹奏着尤克里里。他走进了屋里。

他看了看那些落满灰尘的鹿角，一张摆满了杂志的粗糙的大桌子，一台老式的装电池的收音机，一台箱形留声机，旁边还散落着大量的唱片。在石头大壁炉的旁边还摆放着一张桌子，上面放着几个没有清洗的高脚杯以及半瓶苏格兰威士忌。一辆汽车沿路行驶，停在了离房子不远的地方。德拉杰拉皱皱眉头说道："抛锚了。"他压低声音，带有一种受挫感，这儿什么也没有。像多尼·马尔这样的人，是不会把要紧的东西放在山上这间小屋里的。

他顺便看了看几间卧室，一间里摆放着几张简易床，一间则配备得好点儿，一张美容床，上面还随意地扔着一套俗气的女士睡衣。这些衣服看起来不太像是贝拉·马尔的。

他身后是一间小厨房，里面有一个汽油炉和一个柴火炉。他用另一把钥匙打开后门，踏上一个与地面齐平的小门廊，旁边放着一大堆柴火，砍柴的木桩上还插着一把双刃斧头。

然后，他看见了苍蝇。

一条木质走道沿着房子的一侧向下通往房子下面的棚子。一束阳光透过树缝照射在小路上。阳光下，大群苍蝇聚集在一块黏糊糊的棕色东西上，丝毫没有要飞走的迹象。德拉杰拉弯下腰，然后伸手碰了碰那黏糊糊的东西，又闻闻手指。他一脸惊讶，面部僵硬。

在棚门外的一片阴影中，又出现另一块更小的棕色东西。他迅速地从口袋中掏出钥匙，找到其中一把，打开了木棚门上的那把大号挂锁，然后猛地拉开了门。

屋子里有一大堆散落的柴火，不过都是些没有劈开的木头，也没有堆放在一起，只是随意地扔在那儿。德拉杰拉开始把粗大的原木扔到一边。

将大部分原木归置到一边后，他才能把手伸下去，抓住那两只穿着莱尔袜子的冰凉而僵硬的脚踝,将死亡男子拉到阳光下。

死者身材瘦削,个子不高不矮,身上穿着一件剪裁考究的粗纹外套。他那双干净小码的鞋子被擦得锃亮,不过落了点儿灰。他的面容已经看不清了,因为遭受重击变得血肉模糊了。他的头顶开裂,脑浆和血液混在一起,黏在他那稀疏的灰褐色头发上。

德拉杰拉迅速站起身来,转身进了屋子,来到起居室那放着半瓶苏格兰威士忌的桌子前。他拔掉瓶塞,对着瓶子就喝了几口,等了一会儿,又喝了起来。

他大喊道:"啊!"紧接着还哆嗦了一下,就好像威士忌在刺激他的神经一样。

他回到木棚里,再次弯下腰来。这时,他听到哪里传来了汽车发动机的响声。他僵住了,汽车的声音离得越来越近,然后又渐渐远去了,周围又是一片寂静。德拉杰拉耸了耸肩,仔细搜查了死者的口袋,口袋里什么都没有,其中一个口袋里可能带着干洗店的标签,不过已经被剪掉了。外套内兜里裁缝的标签也被剪掉了,只剩下乱糟糟的针线。

死者身体已经僵硬了。他的死亡时间可能只有二十四个小时,不会更多。他脸上的血迹已经凝固了厚厚的一层,但还没有完全干。

德拉杰拉在尸体旁蹲了一小会儿,看着波光粼粼的普马湖湖面,以及远处闪闪发亮的独木船船桨。随后,他返回木棚,想找一大块沾有大量血迹的木头，但没有找到。他回到屋里，又出门来到前门廊处，走到门廊尽头，盯着悬崖，然后又盯着泉水中的那些巨大平板石。

"没错！"他轻声说。

两块石头上叮着苍蝇，一大批苍蝇，德拉杰拉之前并未注意到。悬崖大概有三十英尺高，如果他刚好掉落下来的话，那足以将他的脑袋撞得稀巴烂。

他在一块大石头上坐了下来，一动不动地抽了好几分钟的烟。他陷入沉思，眼神孤独而深远。他的嘴角露出了坚定苦涩的笑容，还有非常微弱的讽刺。

最后，他穿过房间默默地走了回来，将死者再次拖进木棚，用几根木头松散地遮盖在他身上。他锁好木头棚子和小木屋的两道门，然后顺着狭窄而陡峭的小路回到大路并上了车。

他开车离开时，已经六点半了，可太阳仍旧光芒四射。

五

在路边的啤酒屋里，吧台由一张旧的商店柜台改造而成，对面摆着三个低矮的凳子。德拉杰拉坐在靠近门边的那个凳子上，望着空啤酒瓶里的泡沫发呆。穿着背带裤工装的酒保是个肤色黝黑的年轻人，他眼神害羞，头发也有些稀疏。他结结巴巴地说道："先生，要……要我再给您倒……倒一杯……杯吗?"

德拉杰拉摇摇头,从凳子上起身站立。"小家伙,这啤酒可有点糊弄人啊,"他难过地说道,"和客栈的金发女郎一样乏味无趣。"

"波……波图尔酒厂酿……酿造的,先生。大家都认为这是最……最好喝的啤酒呢。"

"嗯……这明明是最难喝的。你卖这种酒,或许你没有营业执照。再见,小家伙。"

他走到纱门前,望向洒满了阳光的高速公路,路上的影子被拉得相当长。水泥路的旁边,有一个铺满石子的停车场,四周围上了白色篱笆。里面停着两辆汽车,一辆是德拉杰拉的旧凯迪拉克,另一辆是落满灰尘、外壳坚硬的福特。一个身着卡其色马裤的瘦削的高个男子,站在凯迪拉克的旁边,看着车子。

德拉杰拉掏出一个印有斗牛犬标识的烟斗,从一个拉链烟草袋里拿出烟丝将烟斗装了个半满,小心翼翼地点燃,又将火柴头扔到角落里。随后,他脸部微微紧绷,透过纱门向外看。

那个瘦瘦的高个子男人正在掀起盖在德拉杰拉车后备厢上的那块帆布,他将一部分帆布卷了起来,站在那里低头往车里瞅。

德拉杰拉轻声打开纱门,迈着轻快的大步,穿过高速路的水泥路面。他的绉胶底鞋在砂石上发出了声响,不过那个瘦瘦的男子并没有回头,德拉杰拉走到他旁边。

"我知道你在跟踪我，"他沉闷地说道，"要什么花招呢？"

男子不慌不忙地转过身。他长着一张令人讨厌的大长脸，还有一双海藻色的眼睛。他的外套敞开着，一只手将外套下摆别到臀部左侧。这个姿势使得他腰间枪套里的那把磨损的枪把子露了出来，是骑兵型号手枪。

他上下打量着德拉杰拉，不怀好意地笑了笑。

"这是你的破车？"

"你觉着呢？"

这个瘦瘦的男人将身上的外套又往后拨了拨，露出了口袋上的一个青铜徽章。

"我是托卢卡县狩猎管理员，先生。我觉着现在不是猎鹿的时候，而且任何时候都禁止猎鹿。"

德拉杰拉缓慢地垂下他的目光，看向他的后备厢，又弯腰掀开帆布向里瞧了瞧。一头幼鹿的尸体躺在那儿，底下是一堆废旧物品，旁边有一把来复枪。小鹿那双柔和的眼睛——因为死亡而变得黯淡无光——似乎带着温柔的责备望着他，细长脖子上的血液已然凝固了。

德拉杰拉直起身体，温和地说道："真他妈的搞笑。"

"有打猎许可证吗？"

"我不打猎。"德拉杰拉回答。

"你说这个没用,我看见你的来复枪了。"

"我是名警察。"

"噢……警察,是吗?你有警徽吗?"

"当然有。"

德拉杰拉把手伸入胸前口袋掏出警徽,用袖口擦了擦,放在了手掌心里。这个瘦瘦的狩猎管理员低头盯着警徽,舔了舔嘴唇。

"刑事警官,是吗?城市警察。"他的脸色变得懒散而又极不友好,"好吧,警官,我们得开你的破车朝下面走大约十英里。我再搭个便车回来。"

德拉杰拉把警徽装好,小心翼翼地敲了敲烟斗,将敲出来的烟灰踩到碎石里。然后,他又把帆布松松垮垮地盖上。

"盗猎?"他神情沉重地问道。

"是的,警官。"

"那我们走吧!"

他上车坐在了凯迪拉克方向盘下方。那个瘦削的管理员则绕到另一边坐在了他旁边。德拉杰拉发动汽车,掉转车头,驶向了高速公路平滑的水泥路面。远处的山谷被烟雾笼罩着,烟雾蒙蒙之上,山峰群立,高耸入云。德拉杰拉轻松地向下滑动车子,一点儿也不慌张。两个人都目视前方,谁都没有讲话。

过了好长一段时间后,德拉杰拉说:"我以前并不知道普马湖有鹿,我最远就到过那里。"

"在那旁边有一个保护区,警官。"管理员平静地回答道,他朝布满灰尘的挡风玻璃外望去,"那是托卢卡县森林的一部分……你不知道吗,警官?"

德拉杰拉回答道:"我的确不知道。我这辈子还从未杀过一头鹿,警察这个职业还没有让我变得那么无情。"

管理员咧嘴笑了笑,没说什么。高速公路穿过一个隧道,接着路右侧出现一个陡坡,左侧还有几座小峡谷,一直向山丘延伸。有的山丘上还有一些崎岖的小路,半掩在丛生的杂草中,上面还有车轮驶过的踪迹。

德拉杰拉左摇右晃地费力驾着车。车子突然向左侧偏离,冲进了一片满是红土和干草的空地。德拉杰拉踩住刹车,车子滑行了一段距离,东倒西歪地停了下来。

管理员被猛地甩到了车子右边,紧接着又撞到了挡风玻璃上。他开始咒骂,猛地直起身体,右手绕过胸前要掏皮套里面的枪。

德拉杰拉连忙抓紧管理员那瘦弱粗糙的手腕,使劲朝他的身体方向拧。管理员原本黝黑的脸变得煞白,他左手在皮套里摸索着,然后又松开了。他以一种严厉、痛苦的语调开腔了。

"你把事情搞得更糟糕了,警官。我在盐泉时接到了举报电话,电话里描述了你车的具体位置,说你的车里有一头母鹿的尸体。我……"

德拉杰拉松开管理员的手腕,打开他腰带上的手枪套,从中拔出那把柯尔特手枪。他从车里将这把手枪扔出去。

"滚下车,乡巴佬!去搭你说过的便车吧!你在干什么——不想再靠你那点儿工资过日子了吗?你自己布了这个局,滚回普马湖去吧,你这该死的骗子!"

管理员缓缓下车,面色苍白地站在车外,垂头丧气。

"是个硬茬子,"他嘀咕着,"你会后悔的,警官。我发誓我一定会去投诉你!"

德拉杰拉移到副驾驶的位置,从右边的车门下去。他站在管理员身旁,缓慢地说:"先生,或许是我错了,有可能你的确接到了举报电话,也有可能这一切都是你设计的。"

他把小母鹿的尸体从车里拖下来,放到地面上,看了看管理员。这个瘦瘦的管理员一动不动,并未试图去捡拾他那把躺在离他几英尺的草丛中的枪。他那双海藻色的眼睛呆滞而冷漠。

德拉杰拉回到凯迪拉克里,松开刹车,踩下油门,发动引擎。他已经驶向了高速公路,而管理员仍旧站在那儿。

凯迪拉克沿着山坡颠簸向前,离开了视线范围。车子已经开走很远之后,管理员才捡起枪装进了皮套里,又把鹿拖到了灌木丛后面,然后开始沿着高速公路向山坡的顶峰走去。

六

肯沃斯公寓服务台的女孩说:"警官,这位先生给您打了三次电话,但是他没有留下电话号码。一位女士给您打过两次电话,她既没有留下姓名,也没有留下电话号码。"

德拉杰拉从她手里接过三张便签,上面记着"乔伊·基尔"和几个不同的打电话时间。他拿起几封信,碰了一下自己的帽子对这个服务员表示感谢,然后进了电梯。他在四楼下了电梯,沿着一条狭窄而安静的走廊朝前走,打开房间门。他一盏灯都没开,而是径直走到巨大的落地窗前,把窗户敞开,站在那里注视着黑漆漆的夜空、闪烁的霓虹灯,以及两个街区外奥尔特加大道上那些大灯刺眼的光束。

他点了一根烟,抽到一半时依旧纹丝不动。他的脸庞在黑暗中显得非常长,非常困惑。最后,他离开窗边,进了一间小卧室,打开台灯,脱光衣服。他冲了个澡,用毛巾擦干身体,换上干净的亚麻衣服,到小厨房调了一杯酒。穿好衣服后,他抿了口酒,又点燃了一根烟。当他往腰带上绑枪套时,客厅里的电话响了。

是贝拉·马尔打来的。她的嗓音模糊而沙哑,好像哭了好久。

"山姆,真高兴你接电话了。我……我嘴里说的和我心里想的可不是一回事儿。我那会儿震惊又困惑,心里完全乱成一团,你了解的,对吗,山姆?"

"当然了,贝拉。"德拉杰拉说道,"别再想那事儿了。不管怎样,你是对的。我刚从普马湖回来,而且我认为我就是去那儿自找麻烦的。"

"山姆,我现在只有你了。你不会让他们伤害到你的,对吗?"

"谁?"

"你知道的,我不傻,山姆。我知道这全部都是阴谋,一个无耻的政治阴谋,为的就是要除掉他。"

德拉杰拉紧紧握着听筒,他感觉嘴唇变得僵硬,有那么一会儿他都说不了话。随后,他说道:"事情可能就跟它看起来一样,贝拉。那些照片引起了一场争论。毕竟,多尼有权让那种人退出选举。那可不是勒索……而且,你知道的,他手上有枪。"

"山姆,你方便的时候,过来看看我吧。"她的嗓音里飘荡着一股以往的情谊,还有一丝渴望。

他敲着桌子,犹豫再三,说道:"当然……最近有人什么时候去过普马湖吗,就在那儿的小木屋?"

"不知道,我一年都没有去过了。他独自……去过,或许是在那儿和什么人见面,我不清楚。"

他又含含糊糊地说了些什么,不久就道了别,挂了电话。他盯着写字台上方的墙壁,眼神里闪烁着明亮的光,一种冷峻的光。他整张脸都绷得紧紧的,没有丝毫的怀疑。

他回到卧室,穿上外套,戴上草帽。往门外走时,他拿起那三张写有"乔伊·基尔"的电话便签,将其撕成碎片,放进烟灰缸里烧掉了。

七

皮特·马库斯侦探身材高大,一头淡黄色头发。他斜坐在一间空旷办公室的一张又小又凌乱的桌子旁。这间办公室里有两张这样的桌子,面对面地靠墙摆放着。另一张办公桌则干净整洁,上面摆放着带有一个黑玛瑙笔架的绿色记事簿、一个小铜制日历以及一个用来盛放烟灰的鲍鱼贝壳。

窗户边的直背靠椅上面竖立着一个看起来像靶子一样的圆形草垫。皮特·马库斯左手抓着一把银行笔,他就像是一个墨西哥投刀手一样,正将这些笔投掷向草垫。他心不在焉地投着,没有丝毫技巧可言。

门开了,德拉杰拉走了进来。他关上门,靠在门上呆呆地看着马库斯。这个淡黄色头发的男人一边用他宽大的拇指指甲挠着下巴,一边咯吱咯吱地左右转着他的椅子,让椅子倾靠在桌子上。

"嗨，西班牙人！旅行不错吧？老板正念叨你呢。"

德拉杰拉一边嘟囔着，一边往两片光滑的棕色嘴唇中间塞了根烟。

"皮特，他们找到那些照片的时候，你是在马尔的办公室吗？"

"是的，不过我没有发现那些照片，是局长找到的。怎么啦？"

"你看着他找到的吗？"

马库斯凝视了他一会儿，接着缓慢又谨慎地说道："没错，山姆，是他找到那些照片的。他可不是故意栽赃的——如果你话有所指的话。"

德拉杰拉点了点头，耸了耸肩说道："子弹的事怎么样了？"

"嗯……不是点三二口径，而是点二五口径的，是一把该死的袖珍手枪。铜镍子弹，自动手枪，不过，我们并没有发现任何弹壳。"

"伊马利知道那些事，"德拉杰拉沉着地说道，"不过，他并没有将那些显露他杀人动机的照片带走。"

马库斯把高抬的脚放到地面，向前倾了倾身体，目光越过他那棕色的眉毛向上看。

"有可能。这些照片激起了他的杀心，但是马尔手里有一把枪，他们多少是早有预谋的。"

"思路不错，皮特。"德拉杰拉朝一扇小窗走去，站在那里看着窗外。过了一会儿，马库斯无精打采地说道："你没有看到我做任何工作，是吗，西班牙人？"

德拉杰拉缓慢地转过身,走过来站在马库斯身旁,低头看着他。

"不要恼火,兄弟。你是我的搭档,而且总部已经将我列为马尔那一边的,你也多少和他沾边了。你在这静静地坐着的时候,我在普马湖畔转了转,无缘无故地被人栽赃陷害,他在我车子的后备厢里放了一头鹿的尸体,我因此被狩猎管理员缠住了。"

马库斯非常缓慢地站起身来,双手在体侧握成了拳。他那阴沉的深灰色眼睛瞪得非常大,他的大鼻孔里面喷出白色的雾气。

"这里没有人会这样做的,山姆。"

德拉杰拉摇了摇头,说道:"我也认为没人会这样做。但是,他们可能暗示了要把我引到那里。这样一来,剩下的事情总局外的人就可以做了。"

皮特·马库斯再次坐下。他拿起一支尖尖的银行笔,然后把它恶狠狠地扎在那个圆形草垫上。笔尖被卡住了,在草垫上颤悠了一下,断了,接着笔就掉落在地上。

"听着,"他声音低沉地说着,头都没抬,"对我来说,这就是一个工作,仅此而已,一个谋生的手段。我不像你那样,对警察工作还抱有什么理想。你再说一个字,我就会把这个该死的徽章塞到你屁股里。"

德拉杰拉弯下腰,照着他的肋骨来了一拳,接着说道:"没关系,警察,我已经有办法了。回家喝酒去吧。"

他打开门快速地走了出去，沿着大理石面的通道一直走到一间宽阔的凹室，里面有三扇门，中间的一扇门上写着：探长，请进。德拉杰拉进入一间小接待室，室内横放着一根普通的栏杆。一个警察速记员站在栏杆后面抬头看了看他，然后用头往里面的那扇门指了指。德拉杰拉打开栏杆，敲了敲里面的那扇门，接着走了进去。

这间大办公室里有两个男人，探长托德·麦金端坐在一张巨大的办公桌后面，以一种不屑的目光看着德拉杰拉走进来。他身材高大却肌肉松弛，一张长脸充满了怒气和忧郁，一只眼睛还有点斜视。

坐在办公桌尽头的圆形靠背椅上的男人穿着时尚。他穿着高筒靴，戴着一顶珍珠灰的帽子和一双灰色手套，他的乌木拐杖则放在身旁的另一把椅子上。他那头柔顺的白发令人赞叹，帅气的脸庞经过长期的保养，依旧保持红润。他对着德拉杰拉笑了笑，分不清是开心还是嘲弄，抽着一支放在长长的琥珀烟嘴里的香烟。

德拉杰拉面对着麦金坐了下来。接着，他瞥了一眼那个白头发男子，说道："晚上好，局长。"

德鲁局长毫不客气地点了点头，没有说话。

麦金向前靠了靠，双手放在闪闪发亮的办公桌上，手指蜷起，指甲被咬得钝钝的。他轻轻地说道："看来花了很长时间才回来汇报啊，发现什么线索了吗？"

德拉杰拉面无表情地盯着他。

"我没有别的意思……似乎只有我车后备厢里的那头母鹿的尸体。"

麦金的脸上并无任何反应,脸上一块肌肉都没有动。德鲁用他那粉色光滑的指甲在自己的喉咙前横着划了一下,他的舌头和牙齿发出了一种撕裂的声响。

"老弟,在你老板面前就别耍花腔了。"

德拉杰拉继续看着麦金,等着。麦金缓慢又惋惜地说道:"德拉杰拉,你之前做得很好。你的祖父曾是这个县里最好的警长之一,今天你却给他抹黑了。你被指控违反了狩猎法,干涉托卢卡县狩猎管理员履行职责,并且拒捕。对于所有指控你有什么要辩解的吗?"

德拉杰拉语调平淡地说道:"已经给我定罪了吗?"

麦金非常缓慢地摇了摇头说:"这是部门投诉,还没有正式的起诉。我猜是证据不足。"他干笑了一下,不带一丁点幽默。

德拉杰拉轻声地说:"既然如此,我猜你们是想要收回我的警徽了。"

麦金点了点头,一句话也没说。德鲁说道:"你真是聪明。"

德拉杰拉拿出他的警徽,用袖口擦了擦,看了看,把它放到光滑的木头桌上推了过去。

"好了,长官,"他非常温和地说道,"我是西班牙血统,纯正的西班牙血统。不是黑人和墨西哥人的混血,也不是雅基族人和墨西哥人的混血。我的祖父可能会少用言语而多用子弹来解决这样的问题，但是那并不意味着我认为这很有趣。我是被人故意诓到犯罪现场的，因为我曾经是多尼·马尔的朋友。你我都知道，这件事对工作本无足轻重。不过，局长和他的政治后台们可能就不这么肯定了。"

德鲁突然站了起来。"天啊，你不要这样跟我说话！"他大叫道。

德拉杰拉慢慢地笑了。他一句话也没有说，压根儿没看德鲁。德鲁又坐了下来，闷闷不乐地喘着粗气。

过了一会儿，麦金把警徽塞进了他桌子下面中间那个抽屉里，然后站了起来。

"德拉杰拉，你现在被停职了，跟我保持联系。"他通过内门快速地走出房间，连头都没回。

德拉杰拉向后推了推他的椅子，校正了头上的帽子。德鲁清了清嗓子，假装出一个安抚的微笑，接着说道："可能我有点草率，我跟爱尔兰人一样是个急性子，但我并没有什么恶意。你得到的教训我们所有人都必须学习。我能给你一个建议吗？"

德拉杰拉站起身来，对他笑了笑，一个从嘴角挤出来的干笑，面部其余地方都还很僵硬。

"我知道是什么，局长。是把马尔的案子搁在一边吧。"

德鲁大笑起来，心情又愉快起来。"也不完全是这样。这里已经没有什么马尔的案子了，伊马利已经通过他的律师承认是他开的枪，不过他声称是自卫，他早上就会来自首了。不，我说的是其他方面的建议。回到托卢卡县，向那个狩猎管理员道个歉。我认为，这就是你要做的事情。你可以试试看。"

德拉杰拉静静地走到走廊，打开了门。接着，他回过头来突然咧嘴笑了笑，露出了满口的白牙。

"局长，当我看到骗子的时候，我就意识到了。他已经为他的麻烦付出了代价。"

他走了出去。德鲁看着那扇在清脆的咔嚓声中轻轻关上的门，他的脸因暴怒而僵硬，粉红色的皮肤已经变成了死灰色。他那只握着琥珀烟嘴的手猛烈地颤抖着，烟灰落在裁剪完美的裤子膝盖上。

"天啊，"他在静默中僵硬地喃喃道，"你就是一个该死的圆滑的西班牙人，你就像平板玻璃一样滑——但是很容易就在你身上戳个洞。"

由于愤怒的缘故，他站起身时有些笨拙。他小心翼翼地掸了掸裤子上的烟灰，伸出一只手去拿帽子和手杖，他那些指甲修剪整齐的手指正在颤抖。

八

第三和第四街区间的牛顿街上，遍布着一大批卖廉价衣服的商店、当铺、老虎机游乐园以及简陋的小旅馆。旅馆门前那些眼神鬼鬼祟祟的人尽管嘴里叼着烟，却依然能流利地说话，而且嘴唇连动都没动一下。在街区中央的一个雨棚上有一块突出的木牌，上面写着"斯托尔台球厅"。台阶沿人行道边往下延伸，德拉杰拉沿着台阶走了下去。

台球厅门口几乎是漆黑一片。台球桌都被盖了起来，球杆也整齐地摆成一溜儿。不过，在身后，远处有灯光，簇拥的人群背着刺眼的白色灯光，显得人影绰绰。这里充斥着噪音、争吵声和投注的喊叫声。德拉杰拉朝着有灯光的地方走去。

突然，就好像有人发出一个信号似的，喧闹声戛然而止。在一片寂静中传来了清脆的击球声，母球一次次撞击桌边垫子发出的闷声，以及最后落袋时清脆的连击落袋声。接着，嘈杂声再次此起彼伏。

德拉杰拉停在了一张盖有桌布的台球桌边，从钱包里拿出了十美元，又从钱包的口袋里拿出了一个很小的胶纸标签。他在上面写道："乔伊在哪里？"接着，他又将它贴在钞票上，把钱折了两折。他继续向人群中走去，一点点朝前挤，直到靠近台球桌。

一个身材高大、面色苍白、表情冷漠、棕色头发中分的男人一边给球杆抹滑石粉，一边研究着球桌上的机会球。他倾着身体，用他那强壮白皙的手指架着球杆。投注时的嘈杂声就像一块石头一样落了下去。这个高个子男人流畅轻松地打了个三星球。

一个脸蛋胖乎乎的男人坐在高凳上喊道:"基尔得四十分,连续击球得八分。"

这个高个子男人又给他的球杆擦了点滑石粉,慵懒地往四下看了看。他的目光越过德拉杰拉时,没有任何示意动作。德拉杰拉靠近他说道:"又回到你以前的水平了,马库斯?五块钱押你下一球。"

高个子男人点了点头,说道:"成交。"

德拉杰拉把折好的钱放在桌边。一个穿着条纹衫的年轻人伸手去拿。马库斯·基尔看似无意地把他拦住,将钱折好放进了他的背心口袋里,沉闷地说:"押五块。"接着,他弯下腰又击了一球。

桌面上是一个清晰的十字交叉形,一粒非常精准的进球。这记球赢得了阵阵掌声。高个子男人把球杆递给了他那个穿着条纹衫的助手,说道:"暂停一下,我得去一下洗手间。"

他在黑暗中穿行,走进了一扇标着男厕所的门。德拉杰拉点了一根烟,环顾着牛顿街的这帮乌合之众。马库斯·基尔的竞争对手是另一个面色苍白、表情冷漠的高个子男人。他站在记分员旁边,跟他说话时脸都不抬。在他们旁边是一个孤独傲慢又非常帅气的菲律宾人,他穿着一件时尚的棕褐色西装,正在那里抽着一根巧克力色的香烟。

马库斯·基尔回到桌子旁,伸手拿起他的球杆,擦了点滑石粉。接着,他把手伸到背心里,缓缓地说:"兄弟,欠你的五块钱。"然后把折好的钱递给了德拉杰拉。

他连续不停顿地击了三个球。记分员说："基尔四十四分,连续击球十二分。"

两个男人从人群中抽出身,朝入口走去。德拉杰拉跟在他们身后,一路经过那些被盖起来的台球桌,朝着台阶的底部走去。他在那里停了下来,打开手里的钞票,看了看便签上那个潦草地写在他的问题下方的地址。他将钱揉成了一团,塞进了自己的口袋。

有什么坚硬的东西抵住了他的后背。一个像用五弦琴弹奏出来的声音说道:"嗯,帮一个家伙逃跑吗?"

德拉杰拉的鼻孔颤抖着,开始变得灵敏起来。他抬头看了看前面两个人脚下的台阶,又看了看街边路灯的反射炫光。

"好吧。"这个像拨弦般的声音冷酷地说。

德拉杰拉跳到一边,在空中转了一下身。他向后甩出蛇一般的胳膊,下落时抓住了对方的一个脚踝。枪扫过了他的头顶,击中了德拉杰拉的肩膀,他的左臂一阵疼痛,呼吸变得艰难而急促。一个东西毫不费劲地击中了他的草帽,耳边还听到微弱、痛苦的怒骂声。他翻过身,扭动脚踝,蜷起膝盖,奋力向上踢。他像猫一样灵活轻盈地站起身来,把敌人的脚踝重重地甩在一边。

那个穿棕褐色西装的菲律宾人背朝下摔在地上,一支枪被甩了出来。德拉杰拉把枪从他那棕色的小手边踢开，枪滑到了桌子下面。这个菲律宾人静静地躺在地上，脑袋受到损伤，毡帽还戴在他那油腻腻的头上。

在后面的台球厅里，三次撞边球的精彩比赛依旧平静地进行着。即便是有人听到了这混战声，也没人会跑来一探究竟。德拉杰拉从他的裤子后袋里拉出一条裹着皮革的棍子，弯下腰。菲律宾人绷紧的棕色的脸开始紧张害怕起来。

"你还太嫩，要学的东西多了。站起来，小子。"

德拉杰拉的声音虽然冷酷，但却显得很随意。这个皮肤黝黑的男人爬了起来，举起了胳膊。接着，他的左手慢慢地伸向他的右肩膀。德拉杰拉的手腕随意挥了一下，就用棍子将那人的手砸了下去。这个棕色皮肤的男人就像一只饥饿的小猫一样，微弱地尖叫了一声。

德拉杰拉耸了耸肩，嘴角露出了讽刺的笑容。

"持枪抢劫，啊？不错，菲律宾人，换成其他时间吧！我现在很忙，赶紧滚蛋！"

菲律宾人往后溜到桌子中间，蹲下来。德拉杰拉把棍子交到左手，右手抓住枪托。他就保持那样的姿势,盯着菲律宾人的眼睛站了一会儿。然后，他转身快速走上台阶，消失在视线之外。

那个棕色皮肤的男人沿着墙边向前奔跑，在桌子下面爬着寻找他的枪。

九

乔伊·基尔猛地把门推开，手持一把短小的、没有瞄准星的破枪。他个子不高，但历经磨炼，一脸坚毅却又愁容满面。他需要刮刮胡子，换一件干净的衬衫，他身后的房间里散发出一股刺鼻的动物气味。

他把枪放下，尴尬地笑了笑，接着退回到了屋里。

"好啊，警察先生。您也能花宝贵时间到我这儿啊。"

德拉杰拉走了进去，然后关上门。他先是将戴在他那干硬头发上的草帽往后推了又推，接着面无表情地看着乔伊·基尔。他说道："难道你认为我能记住镇上每个泼皮无赖的住址吗？我也得问马库斯。"

那个矮个子男人边走边嗷嗷叫地嘟囔着，然后躺在了床上，把他的枪塞到枕头下面。他用手交叉放在头下，眼睛半开半闭地看向天花板。

"身上有一百块钱吗，警察先生？"

德拉杰拉从床前拉了把椅子，然后叉腿坐在椅子上。他拿出他带有斗牛犬标识的烟斗，不紧不慢地往里面塞烟丝，同时还厌恶地看着屋里的一切：紧闭的窗户、破损的珐琅床架、又脏又破的床上用品、角落里挂着两条脏兮兮毛巾的洗手池、上面放着半瓶杜松子油和一本基甸《圣经》的光秃秃的梳妆台。

"想跑路吗?"他问道,不过并没有太多的兴趣。

"我很热门啊,警察先生。我的意思是,我很受人欢迎。我手头有一些信息,它确实能值一百块。"

德拉杰拉慢慢地把他的烟丝袋收了起来,一脸漠不关心的表情。他划着一根火柴,点好烟斗,以一副恼人的模样悠闲地抽起烟来。矮个子男人烦躁不安地坐在床上,斜着眼睛看着他。德拉杰拉缓缓地说道:"乔伊,你是个很好的暗探,我一直都是这样夸你的。但是对于一个警察来说,一百块也不是一个小数目。"

"这钱花得值,伙计。如果你对马尔被杀一案足够上心,也想顺利破案的话。"

德拉杰拉的眼神变得坚定而又冷峻。他用牙齿咬着烟斗,非常平静冷酷地开腔了。

"我听听看,乔伊。如果你的话值一百块,那我会付钱的。不过,你最好给我说真话。"

这个矮个子男人转过身,枕着胳膊。"你知道那个跟伊马利拍裸照的女人是谁吗?"

"我知道她叫什么名字,"德拉杰拉淡定地说道,"但我没有见过那些照片。"

"斯黛拉·拉莫特是她的艺名,她真实的名字是斯黛拉·基尔。她是我的妹妹。"

德拉杰拉把他的胳膊交叉在椅子的后背上。"很好，"他说道，"接着说。"

"她设计陷害了伊马利，警察先生。她为了从一个斜眼儿菲律宾人那里得到几包海洛因，就设计陷害了他。"

"菲律宾人？"德拉杰拉快速地说出这个词，现在轮到他紧张了。

"是的，一位棕色皮肤的矮个子兄弟。人长得挺帅，穿得人五人六的，就是个毒贩子，一个挨千刀的家伙。他的名字叫托里波，他们叫他卡连特小子。他在斯黛拉家对面有一个落脚点，他一直给斯黛拉供给毒品，然后让她陷害伊马利。她往伊马利的酒里放了大剂量的药，然后他晕了过去。她让菲律宾人进来，用迷你相机拍了照。很聪明，不是吗？然后，就像大多数人一样，她感觉后悔了，于是就将整个事情向我和马库斯和盘托出。"

德拉杰拉点了点头，一句话都没说，身体都差不多要僵硬了。

小个子男人刺耳地笑了起来，露出他那小小的牙齿。"我能做些什么？我就到菲律宾人那当个卧底。警察先生，我一直跟着他。没过多久，我就尾随他到了戴夫·奥吉在温多姆的公寓……我猜这值一百块了吧。"

德拉杰拉慢慢地点了点头，将烟灰敲在了自己手掌上，然后吹掉。"这事还有谁知道？"

"还有马库斯知道。如果你能顺利地应付的话,他会支持我的。他不想掺和这些事儿,他不想玩这些游戏。他给斯黛拉钱,让她离开这里,不让她再抛头露面,因为那帮家伙都是无法无天。"

"乔伊,马库斯是不会知道你跟踪那个菲律宾人去了哪里的。"

小个子男人突然坐了起来,跳到地上。他的脸变得阴沉起来。

"我没有骗你,警察先生。我从来没有。"

德拉杰拉平静地说道:"我相信你,乔伊。不过,我需要更多的证据。你怎么看待这件事情呢?"

小个子男人哼了一声。"见鬼,真是越搞越糊涂。要么这个菲律宾人以前就是为马斯特斯和奥吉效力的,要么就是他拿到了照片之后,与他们做了一笔交易。然后马尔得到了这些照片,这是很容易就做到的事儿,除非他们说了什么,不然他拿不到照片,也不可能知道菲律宾人有照片。伊马利在竞选法官,已经在他们的候选人名单上了,好吧,他是和那帮人一伙的,但是他仍然是一个废物,碰巧他还是一个酗酒、脾气暴躁的家伙。这事儿可是无人不知、无人不晓啊。"

德拉杰拉的眼神闪烁了一下,而面部其他部分就像雕刻的木头一般。他嘴里的烟斗也好像是放在水泥里一样,一动不动。

乔伊·基尔带着微笑走了过来:"所以他们谈了一笔大买卖。他们把那些照片给了马尔,却不让马尔知道这些照片来自何处。然后,伊马利得到了小道消息,知道谁有这些照片,也晓得都是什么样的照片。他也知道,马尔准备用照片挤对他。一个像伊马利这样的人能做出什么事呢?他会去打猎,警察先生——这样,大约翰·马斯特斯和他的伙伴就有鸭肉吃了。"

"或者是鹿肉。"德拉杰拉心不在焉地说道。

"嗯?好吧,这个消息值吧?"

德拉杰拉拿出他的钱包,把里面的钱倒了出来,然后放在膝盖上数了几张。他把这些钱紧紧地卷作一团,扔到床上。

"乔伊,我想给斯黛拉打电话聊聊,怎么样?"

小个子男人边把钱塞进他的衬衫口袋里,边摇了摇头说:"没人能做得了这件事了,你可以再试试和马库斯聊聊。我认为斯黛拉已经离开了小镇,我也要走了。现在我身上到处都是伤,就像我说的那样,那帮人都无法无天——也有可能是我跟踪技术不好……因为我自己也被一些恶棍尾随了。"他站了起来,打了个哈欠补充道,"来一小杯杜松子酒?"

德拉杰拉摇了摇头,看着这个小个子男人穿过梳妆台,拿起酒瓶往一个厚玻璃杯里倒了一大杯酒。他一饮而尽,准备把杯子放回去。

窗玻璃叮当作响,就像是有人戴着手套轻轻拍打的声音。一小块窗玻璃掉落在光秃秃、脏兮兮的地毯上,差点儿砸到乔伊·基尔的脚。

这个小个子男人呆呆地站立了两三秒钟。接着，玻璃杯从他手上掉落，在地上弹了一下，滚到了墙边。然后，他的双腿一软，慢慢地侧身躺下，又缓缓地转过身面朝上躺着。

血液开始慢腾腾地从他的左眼上面的一个洞里流下脸颊。血液越流越快。洞口变得又大又红。乔伊·基尔双眼茫然地看着天花板，好像那些事情跟他不再有任何关联一样。

德拉杰拉悄悄地从椅子上滑下来，趴在地上。他沿着墙爬到窗边，伸手在乔伊·基尔的衬衫里摸索着。他把手指在后者的心脏上放了一会儿，然后又拿开了，摇了摇头。他猫着腰，拿掉帽子，非常小心地抬起头，直到能从窗户的一个很低的角落看到外面的情况。

他看着巷子对面一间货栈储藏室光秃秃的高墙，上面零星地散布着一些窗户，都非常高，也都没有灯光。德拉杰拉又把头低了下去，屏住呼吸轻轻地自言自语："可能是无声来复步枪。非常精准的射击。"

他的手又伸了出去，略带犹豫地从乔伊·基尔的衬衫里掏出一小卷钱。他依旧是猫着腰沿墙边回到了门口，然后拿到钥匙打开了门，站起身，快速地下了台阶，从外面锁上门。

他沿着一条脏兮兮的走廊一直走，下了四级台阶来到一个狭窄的大厅内。这个大厅空荡荡的，只有一张桌子，上面放着一个按铃，桌子后面也没有人。德拉杰拉站在临街的玻璃门后面，看着对面的公寓楼。

两个老人坐在门廊的摇椅上,吸着烟,看起来十分平静。他观察了他们好几分钟。

他走出房间,用他那犀利的眼神快速搜寻街区两侧,沿着停在路边的车一直走到下个街角。穿过两个街区后,他乘坐一辆出租车,返回了牛顿街的斯托尔台球厅。

现在,台球厅的灯光全亮了起来。球在桌上被击打并旋转着,打球的人在浓浓的烟雾中来来回回地穿行。德拉杰拉向四周看了看,接着走到了一个脸胖胖的男人身边,后者坐在收银台旁边的那把高脚椅上。

"你是斯托尔?"

脸胖胖的男人点了点头。

"马库斯·基尔去哪了?"

"老兄,他早就走了。他们只玩了一百块钱的,我猜他是回家了吧。"

"他家在哪儿?"

这个脸胖胖的男人快速地扫了他一眼,手指间的火光一闪而过。

"我不知道。"

德拉杰拉把手伸进口袋里拿出了他的警徽。那个脸胖胖的男人露出了微笑。

"警察,嗯?好吧,他住在曼斯菲尔德,格兰德大街往西三个街区。"

十

菲律宾人卡费里诺·托里波长相英俊,身穿裁剪精良的棕褐色西服。他从电报局的收银台上拿起两个十分面值的硬币和三个一分面值的硬币,冲着那位不耐烦地等着他的金发碧眼女郎微微笑了笑。

"现在立刻发出去吗,宝贝儿?"

她冷冰冰地瞥了一眼电报说道:"曼斯菲尔德酒店?二十分钟内就能到——别叫我宝贝儿!"

"好的,宝贝儿。"

托里波优雅地漫步走出了电报局。金发碧眼女郎用手指戳了戳电报,头也不回地说:"这家伙肯定是个笨蛋。三个街区外的一家酒店还用得着发一份电报。"

卡费里诺·托里波沿着春天大街闲逛,巧克力色的香烟烟雾从他那干净的肩膀上飘过。在第四个交叉路口,他向西转弯,又多走了三个街区,走进了理发店隔壁的曼斯菲尔德酒店侧门。他踏着大理石台阶上了中厅,又沿着铺有地毯的台阶上到了第三层。他经过电梯,沿着长长的走廊大摇大摆地朝另一头走去,边走边看着门上的编号。

他在中途又折返回到电梯处,在一个开放式的空间里坐了下来,那儿的天井里有两扇窗户,一张玻璃面的桌子和几把椅子。他用燃着的烟头重新点了一支烟,身体向后一靠,听着电梯里的动静。

当电梯在这层楼停靠时,他马上尽力向前倾斜身体,听着电梯那传来的声音。大约过了十多分钟,有脚步声传了过来。他站直身体走向视野开阔的墙角处,从手臂下拿出一支又细又长的枪,然后把枪换到右手上,将它靠在自己腿边的墙上。

一个身材矮胖、满脸长痘、身穿宾馆侍者制服的菲律宾人拎着一个小文件盒,沿着走廊过来了。托里波发出嘘的一声,然后拿起枪。这个身材矮胖的菲律宾人吓傻了。他的嘴巴张得很大,睁大眼睛看着枪。

托里波说道:"哪个房间?哥们儿!"

这个矮胖的菲律宾人紧张又宽慰地笑了笑。他朝前靠了靠,让托里波看看他文件盒里一个黄色的信封,信封上用铅笔写着338号。

"放下。"托里波平静地说道。

这个矮胖的菲律宾人把电报放在桌上,眼睛死死地盯着那支枪。

"走吧,"托里波说道,"你把它放到门缝下面,明白吗?"

这个矮胖的菲律宾人鸡啄米似的点了点他那圆圆的黑脑袋,又紧张地笑了笑,撒腿就往电梯跑去。

托里波把枪放到他的外套口袋里,拿出一张折叠起来的白纸。他小心翼翼地打开纸包,将那些亮晶晶的白色粉末倒到他展开的手掌上左手拇指和食指之间形成的凹槽里。他用鼻子快速地将这些粉末吸了进去,然后掏出一条火红色的丝巾擦了擦鼻子。

他一动不动地站了一小会儿。眼神变得呆滞无光,棕色脸颊的皮肤似乎在他的颧骨上紧绷了起来,齿间发出的呼吸声也清晰可辨。

他拿起那个黄色的信封,沿着走廊走到尽头。在最后一道门的门前,他停了下来,敲了敲门。

房里传出了一阵声响。他把嘴唇凑到门边,细声细调却又毕恭毕敬地说道:

"先生,您的信件。"

弹簧床垫咯吱咯吱地响了起来,屋里的地面上传来了脚步声。钥匙旋转了一下,门打开了。就在这时,托里波又举起了他那支细长的枪。门刚一打开,他就用臀部优雅地一摆,快速地侧身挤了进去。他把那支细枪的枪口对准了马库斯·基尔的腹部。

"退后!"他咆哮着。此刻,他的声音就像粗细不匀的班卓琴弦的金属声。

马库斯·基尔向后退去,一直退到床边,他的脚卡在床边时便一下子坐在了床上。弹簧床咯吱咯吱地响,报纸也发出沙沙声。在那干净利落的中分棕色发型下,马库斯·基尔的脸上没有任何表情。

托里波轻轻地把门关上,咔嚓一声锁上门。就在门落锁的时候,马库斯·基尔的脸突然变得苍白,他的双唇开始颤抖,不停地颤抖。

托里波用他那五弦琴般的声音戏谑地说道:"你跟警察谈过话了,

嗯？再见。"

细长的枪在他的手中跳了一下，然后不停地跳，枪口冒出少量的白烟。枪声并不大，跟用锤子钉钉子或者膝盖重重地撞在木头上的声音差不多。一共响了七次。

马库斯·基尔非常缓慢地倒在了床上，双脚还垂在地上。他的双眼变得十分空洞，双唇分开，嘴里满是粉色的血沫，他那宽松的衬衣前也渗出几片血迹。他静静地躺在床上，脚垂在地板上，仰面看着天花板，粉色的血沫不断地从他发青的嘴唇里冒出来。

托里波把枪换到了左手，然后放到了胳膊下面。他侧身走向床边，然后站在那，低头看着马库斯·基尔。过了一会儿，粉色血沫不再冒出来，马库斯·基尔的脸变成了一张平静、空洞的死人脸。

托里波回到门口，打开门，退出去，眼睛仍然盯着床上。这时，他的身后刮起一阵旋风。

他感到眩晕，举起一只手胡乱地抓着，有什么东西套在他的脖子上。地板在他眼前奇怪地倾斜起来，并且狠狠地撞在他的脸上。然后，他就什么都不知道了。

德拉杰拉将这个菲律宾人的腿踢进了房间，免得他挡在门口。他关上门，上了锁，僵硬地走向床边，身后挂着的那根皮鞭左右摇摆。他在床边站了很长一段时间，最后他压着声音低语道："他们在杀人灭口。没错——他们在杀人灭口。"

他来到菲律宾人身边,把他翻了个身,又搜查了他的口袋。口袋里有一个塞得鼓鼓囊囊但没有身份证的钱包,一个用石榴石装饰的金色打火机,一个金色香烟盒,一串钥匙,一支金色的笔和一把刀,一条火红色的手帕,一点儿零钱,两把枪和多余的子弹,以及藏在棕褐色夹克的票据袋里的五包海洛因粉末。

他把海洛因扔在地上,站了起来。那个菲律宾人气喘吁吁,双眼紧闭,一边脸上的肌肉不停地抽搐着。德拉杰拉从自己的口袋里掏出一卷细铁丝,把这个棕色皮肤的家伙的双手反捆起来。他把那家伙拖拽到床边,让他靠着床腿坐起来,接着又用一圈细铁丝缠住他的脖子,还把线绕在床柱上。最后,他将那条火红色的手帕系在了铁丝圈上。

他走进浴室,端来一杯水,使出他最大的力气把水泼在那个菲律宾人的脸上。

托里波浑身一激灵,系在他脖子上的铁丝就马上勒得他喘不过气,他的眼珠子都快要突出来了,他张大嘴巴开始叫喊。

德拉杰拉猛地拉了一下那根缠在棕色喉结上的铁丝,叫喊声立即停止,就好像通过开关控制的一样,那是一种极度痛苦的呻吟声。托里波的嘴里开始流出涎液。

德拉杰拉又一次松了松铁丝,低头靠近菲律宾人的脑袋,带着一种非常致命的温柔,温和地和他聊起来。

"你会跟我谈谈的,小子。可能现在不想谈,甚至一时半会儿也不想谈。但是,你不久就想和我谈谈了。"

菲律宾人怀疑地转了转眼睛,朝德拉杰拉啐了一口,接着就紧紧地闭上了嘴唇。

德拉杰拉冷酷地微笑了一下。"还是个硬骨头。"他温柔地说着,将手帕猛地向后一拉,用力紧紧地拽着,让铁丝勒进他棕色脖子的喉结里。

菲律宾人的两腿开始在地板上乱蹬,他的身体扭动着,他那张棕色的脸庞开始发紫,双眼眼球向外凸出充血。

德拉杰拉再次松了松铁丝。

菲律宾人大口大口地呼吸。他的头垂了下去,接着猛地向后一抬,撞到床柱上。他浑身颤抖,表示认输。

"好吧……我说。"他有气无力地说道。

十一

门铃响的时候,伊伦赫德·图米非常小心地把一张黑十放在一张红色丁勾上。接着,他舔舔嘴唇,放下所有的纸牌,通过餐厅的拱门朝小平房前门那看了看。他缓慢地站起身来,他是一个身材魁梧的野蛮家伙,有一头花白凌乱的头发和一个大鼻子。

拱门外的客厅里,一个金发碧眼的女孩躺在沙发上,正在一个破损的红色灯罩的台灯下看杂志。她很漂亮,但是脸色太苍白了,两条稀疏高挑的眉毛让她的脸呈现出一种惊讶的表情。她放下杂志,双脚落地,看着伊伦赫德·图米,眼中突然充满了强烈的恐惧。

图米一声不吭地勾了勾手指。女孩站起身来,极为快速地穿过拱门,推开弹簧门进入厨房。她慢慢地关上推拉门,没有发出一点声响。

门铃又响了,比上次持续的时间还长。图米将他穿着白色袜子的脚塞进拖鞋里,大鼻子上戴上一副眼镜,从他身边的椅子上拿起一把左轮手枪。他从地上捡起一张皱巴巴的报纸,随意地裹在他左手中那把枪的前端,然后不慌不忙地踱到前门。

开门的时候,他一边打着哈欠,一边睡眼惺忪地透过眼镜盯着那个站在门廊里的高个子男人。

"好啦,"他懒洋洋地说道,"有话快说。"

德拉杰拉说道:"我是个警察,我想见一见斯黛拉·拉莫特。"

伊伦赫德·图米把他那条像圣诞节原木一样粗的右手臂横在门框上,身体牢牢地靠在另一侧门框上。他的表情依旧很不耐烦。

"找错地方了,警官,这里没有什么娘儿们。"

德拉杰拉说:"我会进去看看的。"

图米激动地说道："让你进来——哪有这种事儿！"

德拉杰拉从他的口袋里迅速掏出枪，照着图米的左手腕砸了下去，报纸和左轮手枪掉在门廊的地板上。图米脸上那种不耐烦的表情明显减少了。

"都是老掉牙的把戏，"德拉杰拉恶狠狠地说道，"让我进去。"

图米晃了晃他的左手腕，将另一只手从门框上拿开，照着德拉杰拉的下巴重重地摆了一拳。德拉杰拉被他打得头晃了晃，他皱着眉，从嘴唇中发出不满的声音。

图米向他扑了过来。德拉杰拉侧身避开，抡起枪砸向图米那长着灰白头发的大脑袋。图米趴在地上，一半身体在房间里，一半身体在门廊外。他咕哝着，双手用力撑地，准备再次站起身来。

德拉杰拉把图米的枪踢到一边，屋内的弹簧门发出了轻微的响声。就在德拉杰拉朝发出声音的地方看时，图米用一个膝盖和一只手撑起身来，他照着德拉杰拉的腹部猛打一拳。德拉杰拉咕哝了一声，再次用枪砸中了图米的头部，图米晃了晃大脑袋，咆哮道："别浪费时间了，你打不倒我的，兄弟。"

他冲到一边，抓住德拉杰拉的腿，一下子就把他提离地面。德拉杰拉一屁股摔在门廊的地面上，卡在了门口。他的头撞在门边上，撞得头晕眼花。

一个瘦小的金发女郎手里拿着一把自动小手枪冲出拱门。她拿枪对准德拉杰拉，愤怒地说道："去你的！"

德拉杰拉摇了摇头，想说点什么。图米用力拧着他的脚，他痛得气喘吁吁。图米咬紧牙关拧着那只脚，就好像他是世界上唯一拥有那只脚的人，而且那是他自己的脚，他想做什么都可以。

德拉杰拉再次猛地抬起头，脸色变得惨白，他那扭曲的嘴唇呈现出十分痛苦的表情。他爬起身，用左手抓着图米的头发，拽着大脑袋上下翻滚，直到后者的下巴变形。德拉杰拉抢起他的柯尔特手枪照着对方的脸砸了下去。

图米一下子变得软绵绵的，像一堆没有生命的东西，他瘫倒在德拉杰拉的腿上，使警察不能动弹。德拉杰拉用右手撑着地板，试着不被图米肥胖的身体压扁，但他没法将攥着枪的右手抬离地面。那个金发女郎现在离他更近了，她怒目而视，苍白的脸上满是怒火。

德拉杰拉筋疲力尽地说道："别傻了，斯黛拉·基尔。"

金发女郎的脸色开始变得不自然，她的眼睛也非常不自然，小小的瞳孔里散发着奇怪暗淡的光芒。

"警察！"她几乎尖叫起来，"警察！天啊，我最讨厌警察！"

她手里的枪响了。回声响彻整个屋子，穿过开着的前门，穿过街道，消失在高高的栅栏后。

德拉杰拉的左半边脑袋一阵刺痛，就像是被木棍一类的东西击中了一样。他头疼欲裂，眼前有白光闪烁——令人炫目的白光充斥着整个世界，接着是一片漆黑。他悄无声息地倒了下去，跌进了深不可测的黑暗中。

十二

随着德拉杰拉眼前红色烟雾的散去，光明再次重现。剧烈的疼痛感折磨着他的半边脑袋、整个面部乃至他的牙齿。他试着动动舌头，发现自己的舌头发烫，口齿不清。他又试着动了动双手，感觉它们远离自己，压根儿不是他自己的手了。

随后，他睁开了双眼，眼前的红色烟雾消失了，他看到了一张脸。那是一张大脸，离他非常近，一张巨大的脸。这张脸肥肥的，下巴光滑发青，笑嘻嘻的厚嘴唇里叼着一支有明亮细线的香烟，这张脸咯咯地笑着。德拉杰拉再次闭上眼睛，疼痛感又席卷全身，淹没了他，他又失去了知觉。

几秒或许几年过去了。他又一次看到那张脸，听到了一个浑厚的声音。

"好了，他醒了。真是个不屈不挠的家伙。"

这张脸又靠近了一些，雪茄的一端冒着樱桃红颜色的火光。接着，他剧烈地咳嗽起来,是被烟给呛着了。他的半边脑袋好像要裂开一般,他感觉皮肤痒痒的,知道鲜血正顺着他的颧骨流下来,接着又从已经在脸上结块的干血迹上往下流。

"这下可把他修理得差不多了。"一个浑厚的声音说道。

另一个带有爱尔兰方言口音的人说了些温和又下流的话,那张大脸朝着有声音的方向转过去,怒吼了一声。

此刻,德拉杰拉完全清醒了,他能清楚地看到屋里的一切情况,发现屋里有四个人,那张大脸就是大约翰·马斯特斯。

那个瘦弱的金发女郎在沙发一端缩成一团,脸色麻木地盯着地面,两条胳膊僵硬地贴在身旁,两只手也藏在沙发坐垫里。

戴夫·奥吉瘦长的身体斜靠在一堵墙上,旁边的窗户还挂着窗帘,他那张V形脸显得很不耐烦。德鲁局长在沙发的另一端,就坐在破损的台灯下面,灯光将他的头发照成了银色,他那双蓝眼睛格外明亮,格外专心。

大约翰·马斯特斯的手里拿着一把擦得锃亮的枪。德拉杰拉假装没看见一样,准备站起来。一只有力的手照着他的胸口猛推了一把,把他推了回去,他感到一阵恶心。那个浑厚的声音冷酷地说道:"别动,老实点。你已经折腾差不多了,现在该轮到我们了。"

德拉杰拉舔了舔嘴唇,说道:"给我一杯水。"

戴夫·奥吉从墙边直起身，穿过餐厅拱门，端来一杯水，递到德拉杰拉的嘴边，德拉杰拉喝了下去。

马斯特斯说道："我们佩服你的勇气，警官先生。不过，你表现得可不是地方。看起来你是一个看不懂别人暗示的人，这也太糟糕了，会让你完蛋的。懂我的意思吗？"

金发女郎扭过头，用怨恨的眼神看着德拉杰拉，然后又朝别处看去。奥吉回到墙边，德鲁开始用快速紧张的手指抚摸着自己的一边脸，就好像受伤的不是德拉杰拉那血淋淋的头而是他自己的脸。德拉杰拉慢慢地说道："杀掉我只会让你受绞刑时吊得更高些，马斯特斯。笨蛋就是笨蛋，你已经毫无来由地杀掉了两个人，你甚至都不知道自己正在试图掩饰什么。"

大块头男人粗暴地骂骂咧咧，拔出那把锃亮的手枪，然后恶狠狠地瞪了一眼，缓慢地放下枪。奥吉慵懒地说："别紧张，约翰。让他接着说。"

德拉杰拉以同样缓慢、漫不经心的语气说道："那边的那位女士就是被你们杀害的那两个人的妹妹。她把自己经历的故事都告诉他们了，包括陷害伊马利，谁拿到了照片，这些照片又是如何到多尼·马尔手上的。你们的菲律宾小混混已经全部招供了，我对这件事情也已经有了大概的了解。你无法确定是伊马利会杀了马尔，还是马尔会杀死伊马利。无论发生哪一种情况都能奏效。只是一旦伊马利真的杀了马尔，这个案子就必须快速侦破。这就是你们失误之处。你还没有真正搞明白发生了什么事情，就开始试图掩盖真相。"

马斯特斯粗暴地说道："胡说八道，警官先生，信口雌黄。你就是想浪费我的时间。"

那个金发女郎转头对着德拉杰拉，同时也对着马斯特斯的后背。此刻，她的眼里充满了愤怒之火。德拉杰拉轻轻地耸了耸肩，接着说道："对你们来说，杀掉基尔兄弟俩早在你们的计划之中。同样，你们阻止我调查，给我栽赃，也都是一开始就计划好的，因为你们怀疑我和马尔是一伙的。但意想不到的是，你们没能找到伊马利——这一下就难倒你们了。"

马斯特斯睁大他那双冷酷又空洞的黑眼睛，他的粗脖子胀得更粗了。奥吉离开墙边好几英尺，僵硬地站着。过了一会儿，马斯特斯咬着牙，轻声地说道："确实是个难事，警官先生，跟我们聊聊这是咋回事。"

德拉杰拉用两根指尖摸了摸自己满是血污的脸，然后看了看手指。他的眼神变得深不可测。

"马斯特斯，伊马利已经死了，马尔被杀之前，他就已经死了。"

房间里十分安静，没有一个人动弹。德拉杰拉眼前的那四个人已经惊呆了。很长时间后，马斯特斯深吸一口气又吐了出来，然后几乎像是耳语似的道："说说吧，警官。快点说出来，看在上帝的分上，我会……"

德拉杰拉冷冰冰地打断了他，不带丝毫感情。"伊马利确实去见了马尔。他怎么可能不去呢？他又不知道自己已经被出卖了。只不过他昨天晚上就去见他了，不是今天。他开车带着马尔去后者普马湖边的小木屋里，打算以一种友善的方式商谈一些事情。不管怎样，事情就是这样。然后，两人在那里打了起来，伊马利被杀了，他被人从拱门的尽头推了下去，头撞在石头上，脑袋被撞开花了。他就那么死在马尔小木屋的柴房里……没错，马尔把他的尸体藏了起来，又回到小镇上。然后，他今天接到一个电话，电话中提及伊马利的名字，并约定中午十二点十五分见面。马尔能做什么呢？当然是支吾搪塞了。他让办公室的女孩去吃午餐，匆匆忙忙地把枪放到了触手可及的地方。他已经想好如何应付这些麻烦，只是来的人戏弄了他，而他没能使上枪。"

马斯特斯粗暴地说："去死吧，小子，你只会说俏皮话。你怎么可能知道这些事呢？"

他回头看着德鲁，德鲁沉着脸，甚是紧张。奥吉悄悄地离开那堵墙来到德鲁身边站着。那个金发女郎坐在那里纹丝未动。

德拉杰拉懒洋洋地说道："当然，我是猜的，不过我的猜测离真相不远了，事情八成就是那样的。马尔身边有枪，他可不是那种懒懒散散的人,他坐立不安,一切都准备好了,那他怎么不开枪呢?因为有一个女人拜访了他。"

他抬起手,指了指那个金发女郎,继续说道:"你们的杀手在那儿。尽管她给伊马利下了套,但是她仍然爱他。她是一个吸毒者,吸毒的人都这样。她十分伤心和后悔,所以她亲自报复了马尔。你问她!"

金发女郎迅速站了起来。她用右手从坐垫下抽出一把自动手枪,就是那把曾经射中德拉杰拉的手枪。她的绿色眼睛变得苍白空洞,正目不转睛地盯着屋里的一切。马斯特斯转过身,用他那把锃亮的左轮手枪砸向她的胳膊。

她断然向他开了两枪,没有丝毫的犹豫。血液从他粗大的脖子一侧喷射出来,顺着他外套的前襟往下流淌。他摇晃了几下,丢掉了那把锃亮的左轮手枪,几乎砸在了德拉杰拉的脚上。他朝着德拉杰拉身后的那堵墙倒了下去,一只胳膊伸着要扶那堵墙。他的手打在墙壁上,倒下的时候手臂也从墙上滑落下来。他重重地摔在地上,再也不能动弹了。

德拉杰拉差不多就要够着那把左轮手枪了。

德鲁站在那叫喊着。女孩慢慢地转向奥吉,似乎忽略了德拉杰拉。奥吉从他的胳膊下方拔出一把鲁格尔手枪,用胳膊推开德鲁。自动小手枪和鲁格尔手枪同时开火,但小手枪却没有击中目标。女孩摔倒在了沙发上，左手抓住胸口。她翻了翻眼睛，试着重新拿起枪。接着，她跌落在垫子的另一边，左手从她的胸前耷拉了下来。她的裙子前面瞬间被鲜血浸透。她的眼睛睁开又合上，再睁开后就再也没能合上。

奥吉将鲁格尔手枪的枪口对准了德拉杰拉。由于过度紧张，他的眉毛高高挑起。他那梳理整齐的褐色头发紧贴着瘦骨嶙峋的头皮滑下来，如同画上去的一般。

德拉杰拉迅速向他连开了四枪，枪声快得就像是机关枪的嗒嗒声一般。

奥吉倒下前的一瞬间，他的脸就像老人的脸那般消瘦空洞，他的眼睛也像傻子的目光那样呆滞茫然。接着，他那颀长的身躯瘫倒在地板上，手里还握着鲁格尔手枪。一条腿对折压在身下，就好像没有骨头一般。

空气中弥漫着刺鼻的火药味，空气本身也被枪声凝固了。德拉杰拉慢慢地站起身来，拿着那把锃亮的左轮手枪向德鲁示意了一下。

"你开的派对，局长。这就是你想要的结局吗？"

德鲁慢慢地点了点头，脸色惨白，浑身颤抖。他咽了咽口水，缓慢地走过地板，经过奥吉四仰八叉的尸体。他低头看了看沙发上的女孩，摇了摇头。他走到马斯特斯的身边，单膝跪下，摸了摸他，又站了起来。

"都死了，我想。"他含糊地说着。

德拉杰拉说:"干得漂亮。那个大块头呢?就是那个彪形大汉?"

"他们把他送走了。我……我认为他们不是有意要加害你的,德拉杰拉。"

德拉杰拉微微点了点头。他的脸色开始变得柔和,脸上僵硬的线条消失了,没有沾染血迹的那半边脸也恢复了常态。他拿着一块手帕擦了擦脸,手帕立刻被鲜血染红了。他丢掉手帕,用手指将头上的乱发轻轻地梳理了一下。由于血液已经凝固,有些头发粘在一起了。

"见鬼,不是有意的才怪。"他说。

屋里鸦雀无声,屋外也没有动静。德鲁听了听,吸了吸鼻子,然后走到前门向外看了看。外面的街道一片漆黑,一片寂静。他折回来,走到德拉杰拉的身旁,脸上慢慢地挤出一点笑容。

"这事真让人目瞪口呆,"他说,"当一个警察局长必须亲自做卧底时——一个正直的警察必须冒着被诬陷的罪名,离开警队去帮助他。"

德拉杰拉面无表情地看着他说:"你是想那么干吗?"

此刻,德鲁语气平静,脸也变得红润起来。"为了这个部门、人类以及这座城市——也为了我们自己,这是唯一的办法。"

德拉杰拉的眼睛死死地盯着他。

"我也喜欢这个方法,"他无动于衷地说,"如果一切能完全按照这个方法上演的话。"

十三

马库斯刹住车停了下来,羡慕地看着那间绿树掩映下的大房子,咧嘴笑了。

"真漂亮。"他说,"你可以在这里休息一段时间了。"

德拉杰拉慢慢地下了车,看起来身体僵硬,疲惫不堪。他光着脑袋,腋下夹着草帽。他左半边脑袋上的头发被剃了一大块儿,剃掉的那部分被缝了几针,上面盖着厚厚的纱布和胶布。一小撮粗硬的黑头发从绷带的边缘刺出来,看起来很是滑稽。

他说:"是的——但是我不打算待在这儿,老兄,等我一下。"

他沿着草丛中弯弯曲曲的石子小路朝前走。在清晨阳光的照耀下,树木在草地上投下长长的影子。房间内一片寂静,百叶窗都被拉了下来,铜质门把手上有一个黑色的花环。德拉杰拉并没有直接走到门前,他沿着窗户下的另一条小路转弯,顺着房子的另一侧从剑兰苗圃旁走了过去。

屋子后面种植了更多的树木、草坪、花朵,也有更多的阳光和树荫。这里还有一个池塘,里面不仅有很多荷花,还有一块巨大的石头牛蛙,远处是一些围成半圆形的草坪躺椅,中间放着一张铺着瓷砖的铁桌。贝拉·马尔就在其中一把椅子上坐着。

她穿着黑白相间的裙子,宽松又休闲,红棕色的头发上戴着一顶宽边园丁帽。她安静地坐着，目光越过草坪望向远方。她的脸色苍白，妆面在脸上光滑明亮。

她缓慢地转过头，木讷地笑了笑，指了指她身旁的一把椅子。德拉杰拉并没有坐下。他从腋下拿出他的草帽，用手指敲着帽檐说："这个案子已经结束了。后面还有不少审讯、调查、威胁，很多人在公开场合大呼小叫，诸如此类的事情，报纸也会小题大做一番。但归根结底已经结案了，你可以开始尝试忘记它了。"

女人突然看着他，睁大她那双水灵的蓝色眼睛，越过草坪又看向了远方。

"你头上的伤严重吗，山姆？"她轻柔地问道。

德拉杰拉回答说："不严重，挺好的……我的意思是，那个叫拉莫特的女孩击毙了马斯特斯——而且她还杀死了多尼。奥吉枪杀了她，我打中了奥吉。所有的人都死了，环环相扣。只是伊马利是怎么死的，我猜我们永远都不得而知了。我认为，现在这已经无关紧要了。"

贝拉·马尔一眼都没看他，只是轻轻地说道："不过，你是怎么知道伊马利在那间小木屋里的？报上说……"她停了下来，突然颤抖起来。

他呆呆地盯着自己手里的帽子。"我不知道。我认为是一个女人射杀了多尼。我有种预感，湖边的人就是伊马利。"

"你怎么知道是个女人……杀了多尼？"她的声音拉得有些长，半耳语式地低声说着。

"我就是知道。"

他走了几步,站在那盯着树看。接着,他缓慢地转过身,走了回来,再次站到她的椅子旁边,备显疲态。

"我们在一起有过快乐的时光——我们三个。你,多尼还有我。生活似乎喜欢给人们制造麻烦,现在都已经消失了——所有美好的部分。"

她仍然低声耳语道:"山姆,可能并没有完全失去。从现在开始,我们彼此之间必须多见面。"

他的嘴角露出浅浅的微笑,很快又消失了。"这是我第一次栽赃陷害人,"他平静地说道,"我希望这是最后一次。"

贝拉·马尔稍稍扭了扭脖子。她双手抓着椅子的扶手,她的手在上了漆的木头的反衬下显得苍白,整个身体变得僵硬起来。

过了一会儿,德拉杰拉把手伸进口袋,掏出了一件闪闪发光的东西。他低着头没精打采地看着。

"把警徽拿了回来。"他说道,"但是它没有过去那么干净了。我想让它比以往任何时候都更干净,我会尽力的。"说完,他又把警徽放回口袋里。

女人在他面前非常缓慢地站了起来。她抬起下巴,久久地盯着他。她的脸就像打了腮红的白色石膏面具。

她说:"天啊,山姆——我开始明白了。"

德拉杰拉没有看她,目光越过她的肩膀,看向远处模糊不清的地方。他含混冷淡地开了腔。

"没错……我认为是个女人杀的,因为只有女人才会用那种小手枪,但并不仅仅因为这个缘故。去了小木屋后,我知道多尼已经提前准备好应对麻烦了,但是要对付一个男人很不容易。如果伊马利杀了多尼,那将是完美的计划。马斯特斯和奥吉猜测他已经成功了,打电话给律师替他承认,承诺早上逮捕他。所以那些不知道伊马利死了的人自然而然地就被蒙骗了。此外,没有一个警察会预料到那个女人自己会捡起弹壳。

"在我知道乔伊·基尔的事后,我猜这可能是那个叫拉莫特的女孩干的。但是当我在她面前说起时,我又不这么想了。那太肮脏了,在某种程度上,这样做害了她。但是无论如何,我也不会给她机会让她跟那帮人混在一起。"

贝拉·马尔仍然盯着他。微风轻轻吹动着她的头发,那是她身上唯一动的东西。

他将目光从远处收了回来,严肃地看了她一会儿,接着又看向了远处。他从口袋里拿出一小串钥匙,放在桌子上。

"在完全弄明白之前,有三件事情让我感到困惑,那就是,本子上歪歪扭扭的笔迹，多尼手上的枪以及丢失的弹壳。后来我恍然大悟，他并没有立刻死掉。他非常有勇气，并且坚持到了最后——为的是保护别人。本子上的字迹有些歪歪扭扭，那是他后来独自一人、生命垂危的时候写的。他想到了伊马利，就写下这个名字来帮助他们扰乱调查。随后，他从自己桌子的抽屉里拿出枪，因而他死的时候枪仍然握在手中。最后就只剩下弹壳的问题了。过了没多久，我也搞明白了。

"这是一次近距离射击，就在桌子对面，桌子的另一头还摆放着大量的书籍。那些弹壳就掉落在那儿，掉在桌子上他能够得着的地方，因为他不能从地板上捡起那个子弹壳。你钥匙扣上有办公室的钥匙，我昨天夜里很晚的时候去了那里，发现那些子弹壳就混在他雪茄盒的香烟里。没有人会到那里去找，毕竟，人们只去寻找自己想找到的东西。"

他不再说话，揉了揉一侧的脸。过了一会儿，他补充道，"多尼已经尽其所能了——随后他死了。干得漂亮——我正尽力让他远离这一切呢。"

贝拉·马尔慢慢地开腔了。起初还含混不清，后来她的吐字就很清晰了，"不仅仅是女人，山姆，还是那种他曾经拥有的女人。"她颤抖着说道，"我现在就去城里自首。"

德拉杰拉说："不，我告诉过你，我会让他脱离干系的。这就是城里人喜欢的解决方式，这也是漂亮的政治。它将这座城市从马斯特斯和奥吉这些暴民的统治下解放出来,它让德鲁风光一阵子,但是多尼太弱小了,撑不了多久的。因此,这无关紧要……你什么都不用做,只需按照多尼临终前用他最后的力气做的那样去做就可以了,那就是,你要将自己置身事外。再见。"

他最后又快速地看了一眼她那涂满化妆品的苍白的脸,接着就转过身去,穿过草坪,路过长满睡莲和牛蛙石的池塘,沿着房子一侧朝汽车走去。

皮特·马库斯打开车门,德拉杰拉上车坐了下来。他把头靠在椅背上,身体往下挪了挪,闭上眼睛,平淡地说道:"别着急,皮特。我的头疼得厉害。"

马库斯发动车子,将车开到街道上,沿着德内弗巷慢慢地往城里开去。绿荫笼罩下的房子在他们身后慢慢消失了,最终被那些高大的树木遮住了。

他们开车走了很远之后,德拉杰拉才又睁开了眼睛。

红风

一

那天夜里,沙漠风席卷而至。炎热而干燥的圣塔安娜季风穿越莽莽大山,吹卷了人们的头发,触动着人们的神经,使人的皮肤也开始发痒。在这样的夜晚,每一次狂欢派对都会以混战而告终。平日里温顺的太太们会拿起餐刀,研究起丈夫的脖子。一切皆有可能发生,你甚至可以在鸡尾酒会上喝到一大杯啤酒。

我当时就在一家令人陶醉的酒吧里喝着啤酒,这家新开的酒吧就在我住的公寓对面。开业有一个星期了,但也没什么生意。吧台后面的男孩约莫二十出头,看起来从未喝过酒的样子。

除了我，酒吧里还有一位客人——一个酒鬼，背对着门坐着，面前整齐地摞着一堆一角硬币，一共有大约两美元。他正用小玻璃杯喝着黑麦威士忌，完全沉浸在他的个人世界里。

我坐在吧台边离他较远的位置，要了一杯啤酒，说："伙计，你们这里确实能让人斩断愁丝，我会帮你们宣传的。"

"我们刚刚开业，"小伙子说道，"还需要慢慢积累人气。先生，您之前一定来过吧？"

"嗯嗯。"

"就住在附近？"

"我住在马路对面的伯格伦德公寓，我叫菲利普·马洛。"

"谢谢您，先生，我叫卢·培德里。"他斜倚在光亮的深色吧台上，靠近我说，"你认识那个家伙吗？"

"不认识。"

"他该回家了，我是不是该叫辆计程车送他回家，他要把下星期的酒都喝掉了。"

"在这样的一个夜晚，随他去吧。"我说。

"这样喝对他不好。"男孩皱着眉头对我说道。

"黑麦威士忌！"醉汉头也不抬，边打着响指边叫嚷着。他没有拍桌子以免弄坏摞着的一堆硬币。

"该不该给他酒呢?"男孩看着我,耸了耸肩。

"那是谁的胃?反正不是我的。"

男孩又给他倒了一杯黑麦威士忌,我猜他肯定是在吧台后面往酒里掺了水,因为他端着酒出来的时候显然很愧疚,就好像刚刚踢了一位老奶奶一脚似的。醉汉并没注意到,他小心翼翼地拿起那一堆硬币,就像一位外科医生在给脑瘤患者做手术时那样谨慎。

那男孩又过来给我加了一些啤酒。外面狂风怒吼,那扇厚重的彩色玻璃门时不时地被吹开几英寸的缝隙。

男孩说道:"首先,我不喜欢醉汉;其次,我不喜欢他们在这儿喝醉;最后呢,我一开始就不喜欢他们。"

"华纳兄弟电影公司倒是可以采用你的话了。"我说道。

"他们确实采用了。"

就在这时,又来了一位顾客。外面"吱啦"一声停车声,一个行色匆匆的家伙推开了摇摇晃晃的酒吧玻璃门。他扶着门把手,用他那双闪亮的黑眼睛迅速环视了一下酒吧。此人体格健壮,皮肤黝黑,长着一副瓜子脸,十分英俊,看起来寡言少语。他穿着黑色衣服,口袋里漏出一块白手帕,看起来很酷,同时却又带有一丝紧张的神情。估计是因为这场热风吧,我也有同感,只是没那么酷罢了。

他看了看醉汉的背影,醉汉正在用空杯子玩跳棋。新来的客人又看了看我，眼神顺势扫视了酒吧的另一边座椅，没有一位客人。他走了进来，经过那个摇摇晃晃、自言自语的醉汉的身边，对着吧台里的男孩说了起来。

"哥们儿，有没有在这儿看见一位女士？个头高高的，长得很漂亮，棕色头发，蓝色绉绸连衣裙，外面套着一件印花开襟短夹克，头上戴着天鹅绒丝带宽边草帽。"他说话时绷紧的声音听着让我很不舒服。

"没有，先生，在这儿没看到过这样的一位女士。"吧台的男孩说。

"谢谢，来一杯纯苏格兰威士忌，快点，可以吧？"

男孩把酒递给他，这家伙付了钱，端起酒杯一饮而尽，然后往外走，走了大约三四步的时候，便面对着醉汉停了下来。醉汉在咧着嘴傻笑，突然，他不知从哪儿掏出一把枪，速度快得让人只能瞥见一个模糊的影子。他稳稳地举着枪，看起来比我还要清醒，那个皮肤黝黑的高个子男子静静地站着，随后脑袋向后晃了几下，又一动不动了。

一辆车从酒吧外面呼啸而过。醉汉手中的枪是一把带有瞄准器的点二二口径自动手枪，枪管里只发出了几声刺耳的噼啪声，飘出一缕几乎看不到的淡淡青烟。

"再见了，沃尔多。"醉汉说。

接着，醉汉拿着枪指向吧台里的男孩和我。

皮肤黝黑的中枪男子过了很久才倒下来。他跟跄了几步，又稳住自己,挥了挥一只胳膊,再次跌跌撞撞。他的帽子滑落下来,然后脸朝下摔倒在了地板上。撞到地板后,他就像是被浇了混凝土一样,再也不能动弹了。

醉汉从椅子上慢慢挪开,一把抓走桌上的硬币,装进口袋。他依然举着枪,侧着身体慢慢地向门口挪动步子。我没有带枪,我觉得出来喝一杯啤酒是用不着带枪的。吧台里的男孩站在那里纹丝不动,大气儿都不敢喘。

醉汉一边盯着我们,一边用肩膀轻轻地顶着玻璃门。就在他用肩膀往后推开门的一瞬间,一阵强风猛地吹了进来,刮起了那个躺在地上的男人的头发。醉汉说:"可怜的沃尔多,我敢打赌我把他的鼻血弄出来了。"

玻璃门猛地关上了,这时我才冲了过去——我长期以来总是犯同样的错误。但在这样的情况下,我也只能如此。外面的车轰隆隆地响着,当我走到人行道上的时候,又瞥见闪烁着一抹红色尾灯的汽车绕过了附近的街角,我就像是第一次中了一百万一样记下了车牌号。

和平日里一样,大街上依然人来人往,车水马龙,没有人注意到这里刚刚发生过枪击案。即使有人听到了,狂风的声音足以使那把点二二口径手枪发出的噼啪声听起来像关门声一样。我又回到了酒吧里。

男孩依然站在那里,没有丝毫动静。他两手平放在吧台上,稍稍斜着身体，低头看着地上那家伙的后背。那家伙也是一动不动。我俯下身去摸了摸他脖子上的大动脉，他永远也不会再动了。

男孩脸上的表情就像刚切下来的圆牛排一样僵硬，颜色也差不多。他的目光里除了震惊，更多的是愤怒。

我点了一支香烟，抬头朝天花板吐了一口气，简单地说了一句："打电话。"

"他或许还没死呢。"男孩说。

"他们能用点二二手枪，这表明他们不会失手。电话在哪儿？"

"没有电话，我还没装电话就已经花了不少钱了。老兄，我能朝他脸上踢一脚来弥补我损失的八百块钱吗？"

"你是这里的老板吗？"

"要是不发生这事儿，我确实是老板。"

他脱掉白色外套，摘下围裙，从里间走到酒吧门口。"我要锁门了。"他说着，掏出了钥匙。

他走出门，把门锁上，又从外面晃了晃锁扣，直到门锁卡紧。我俯身将沃尔多的尸体翻了过来。起初，我根本看不到他枪伤的位置。过了一会儿，我才发现他的外套上有几个小孔，就在心脏的位置。他的衬衫上还有一点血迹。

作为一名杀手，这个醉汉能满足你的所有要求。

大约过了有八分钟,巡警们赶到了。那个叫卢·培德里的男孩又回到了吧台里面,再次穿上他的白色外套。他数了数柜台里的钱,并塞进口袋,然后在一个小本子上做着记录。

我坐在另一个吧台椅的边上,抽着烟,看着沃尔多的脸一点点失去光泽。我很好奇,他提到的那个穿印花外套的女士是谁?为什么沃尔多的车停在外面却没有熄火?为什么他如此行色匆匆?那个醉汉是在酒吧刻意等他呢,还是碰巧撞上的呢?

几个巡警大汗淋漓地走进来。他们体格健壮,其中有一个斜戴的帽子上别着一朵花。看到死者,他把花丢到一边,俯下身体去摸沃尔多的脉搏。

"好像已经死了。"他说着,把尸体又转过来一点,"哦,我看到弹孔了,真是干净利落,你们俩看到他中枪了?"

我回复说看到了,站在吧台里的男孩却一言不发。我向巡警讲述了事情的经过,并且说杀手好像是开着沃尔多的车逃跑的。

那个警察猛地抽出沃尔多的钱包,一边迅速翻看着钱包,一边打着口哨。"钱不少,但没有驾照。"他把钱包放好,说道,"好吧,我可没动他,你们看到了吧?只是碰巧我们发现他有一辆车停在外面。"

"你没动他?鬼才信呢。"卢·培德里说。

警察窘迫地看了他一眼,用温和的语气说道:"好……吧,伙计,我们动过他了。"

男孩拿起一只干净的高脚杯，开始擦了起来。在随后的时间里，他一直在擦那只高脚杯。

又过了一分钟，一辆刑警的车响着警报火速赶到，"嘎吱"一声在门口停了下来。四个人走进了酒吧，两名警察，一名摄影师，一名实验室人员。那两名警察我一个也不认识。即便是在侦查系统工作很久，你也不可能认识一个城市里所有的警员。

两名警察中有一个个头不高，皮肤光滑而黝黑，沉默寡言，脸上始终挂着微笑。他头发乌黑卷曲，眼神柔和机警。另一位却身材高大，骨骼粗犷，长长的下巴，鼻子上青筋暴突，双目无神。他看起来就像一个酒鬼，粗暴无礼，但他表现得比实际还要粗暴。他把我逼到最后一个隔间，背靠墙站着。他的同伴在前面盘问那个男孩，先前的巡警们离开了酒吧。采集指纹的人和摄影师开始了他们的工作。

一名法医走了进来，待了很久，甚至都有些恼怒了，因为这里没有电话叫停尸间的车来运尸体。

矮个子警察清空了沃尔多的口袋，掏空了他的钱包，把所有东西都扔进吧台上的一块大手帕里。我看到有不少现金、钥匙、香烟、另一块手帕，再没别的东西了。

高个子警察把我推到最后一个座位处，说道："交出你的证件，我是库帕尼克探长。"

我把钱包放到他面前,他看了看,翻了一下,又扔回原处,并在本子上做了记录。

"菲利普·马洛,是吧?私家侦探,你是在这儿公干吗?"

"我来喝点酒。"我说道,"我就住在街对面的伯格伦德公寓。"

"认识前面那个男孩吗?"

"开业到现在,我就来过一次。"

"有没有发现他有什么奇怪的地方?"

"没有。"

"对一个年轻的小伙子来说,他也太不把它当回事儿了,是吧?别顾忌,就说说怎么回事吧。"

我把事情跟他讲了三遍。一次是他想了解事情的大概,另一次是他想知道细节情况,还有一次是他想看看我是否熟悉事情的经过。最后,他说道:"我对那个女人很感兴趣,杀手把这个家伙叫'沃尔多',但似乎并不知道他会来酒吧。我的意思是,假如沃尔多并不确定这个女人在这儿的话,那么沃尔多就不会出现在这里。"

"这太深奥了。"我说。

他死死地盯着我,我并没有笑。"听起来像是仇杀,不是吗?似乎没有预谋,除了侥幸逃脱外没有逃跑计划。这个家伙把车停在外面却不熄火，这样的情况在这个小镇并不多见。凶手当着两个人的面实施枪杀，我不喜欢这样。"

"我也不喜欢当这个目击者，"我说，"报酬那么低。"

他咧开嘴笑了，露出了牙齿上的斑点。"凶手真的喝醉了吗？"

"看他那枪法，应该是没有喝醉。"

"我也是这么想的，嗯，这个案子不难。这家伙应该有案底，而且他留下了大量的指纹。即使我们现在没有他的脸部照片，但我们会在几小时内抓获他。他和沃尔多之间有什么恩怨，但没想到今晚会遇到他。沃尔多正好路过这里，进来打听那个和他约好却又失去联系的女人。今晚很热，这样的大风是会吹毁女孩子的容貌的，她很可能在某个地方等着他。因此凶手就在这里给了沃尔多两枪，然后迅速逃离现场，他根本就不怕你们两个，事情就这么简单。"

"是的。"我说。

"简单得让人觉得恶心。"库帕尼克说。

他摘掉头上的毡帽，拨弄着油腻腻的金发，两手托着脑袋。他有一副长长的刻薄的马脸。他拿出一块手帕擦了擦脸和后颈，又擦了擦手背。接着，他又拿出一把梳子梳头——梳过的头发显得更加凌乱不堪——然后戴上了帽子。

"我只是在想……"我说道。

"嗯,想什么?"

"既然沃尔多知道这个女人穿着什么衣服,那么他一定是在今晚和这个女人见过面了。"

"那又怎么样?或许他只是去了一趟洗手间,回来后她就不见了,或许她对他改变了主意。"

"说得有道理。"我说道。

但这并不是我所想的。我在想,沃尔多用常人难以描述的方式去描述那个女人的穿着,蓝色绉绸连衣裙外面套着一件印花开襟短夹克。我甚至都不知道开襟短夹克是什么样子的。或许我会说蓝色裙子,或者蓝色丝裙,但从来不会提什么蓝色绉绸连衣裙。

过了一会儿,两个男子提着筐子进来了。卢·培德里一边在和矮个子警察说话,一边仍在擦着玻璃杯。

我们都去了警察总署。

他们盘问卢·培德里的时候,他应付自如。他的父亲在康特拉科斯塔县的安提俄克附近有一个葡萄农场。他给了卢一千美元去做生意,而卢用八百美元开了这家鸡尾酒吧,还装了霓虹灯及其他东西。

警察放他走了,告诉他要等到警方确定不需要再采集指纹时,酒吧才可以继续营业。他跟周围的警察一一握手,并且笑着说,估计这桩命案对他酒吧的生意会有好处的,因为没人会相信报纸上的报道,人们会来到酒吧向他打听事情的经过。他讲述的时候,人们肯定会买他的酒。

"这家伙一点都不担心。"他刚一走,库帕尼克就说道,"一点也不担心别人。"

"可怜的沃尔多,"我说,"指纹完好吗?"

"有点儿模糊。"库帕尼克没好气地说,"但是我们会归类,今晚找个时间送到华盛顿去检测。如果进展不顺利,你就得花一整天时间在楼下的铁框相册里找他的信息了。"

我跟他以及他的搭档伊巴拉握了握手,然后离开了。他们到现在也不知道沃尔多是谁,他兜里的东西也证明不了什么。

二

大约晚上九点,我回到了我住的那条街。在走进伯格伦德公寓之前,我四处环顾了一下整个街区,鸡尾酒吧就在远处大街的另一边,里面漆黑一片,只有一两个人贴着玻璃往里面看,并没有很多人。人们看到有警察过来,还有一辆殡仪馆的车,但并不清楚到底发生了什么。但街角药店里玩弹球游戏的那几个小伙子除外,他们除了不知道如何保住工作,对其他事情门儿清。

风依然在刮,天热得像火炉,卷起阵阵尘土,将路上的纸片沿着墙壁高高吹起。

我走进了公寓的大厅，乘坐电梯到了四楼。我按开门，走出电梯，发现有一个身材高挑的女孩站在那儿等电梯。

她头上戴着一顶宽檐草帽，帽檐上系着天鹅绒丝带，还有一个松松垮垮的蝴蝶结，帽子下面是一头金色的卷发。她长着一双蓝色的大眼睛和几乎垂到面颊的长长眼睫毛。她穿着一件蓝色的连衣裙，或许是绉绸裙子吧，线条简单，却能完美地呈现身体的曲线。外面套着的可能就是印花开襟短夹克。

我说道："你身上穿的是开襟短夹克吧？"

她冷冷地瞥了我一眼，抖了抖裙子，好像身上沾了蜘蛛网似的。

"是的，麻烦您让一下……我有急事……我想要……"

我站着没动，挡在电梯口没让她进，我们面面相觑，渐渐地，她脸红了。

"最好别穿这身衣服上街。"我说。

"为什么？你竟然敢说……"

电梯"叮当"一声又下去了，我不知道她打算说什么。她的声音听起来不像酒吧里那些尖锐的声音，而是如春雨般柔和。

"我可不是在勾引你，"我说，"你遇到麻烦了，如果他们乘电梯来到这一层，你也只有这点时间离开大厅了，摘下帽子，脱掉夹克……

快点!"

她一动未动。那张略施粉黛的脸似乎变白了一些。

"警察正在找你,"我说,"就因为你穿着这样的衣服。让我来告诉你,他们为什么要找你。"

她迅速回过头,看了看身后的走廊。对于她这样的美女来说,我完全理解她再一次的虚张声势。

"不管您是谁,您都太无礼了,我是住在301房间的勒罗伊夫人。我可以确定……"

"确定你走错楼层了,"我说,"这是四楼。"

电梯已经停在了三楼,猛力开门的声音通过电梯井传了上来。

"脱掉!"我急切地大喊着,"快点!"

她摘掉帽子,迅速脱掉了夹克,动作麻利。我一把抓过她的帽子和夹克,揉成一团夹在我的胳膊下。我抓着她的胳膊肘,转身一起朝大厅走去。

"我住在402房间,前面正对着你楼上的那间。你自己选择吧,再次申明——我不是在勾引你。"

她麻利地用手抚平了头发,就像一只鸟用嘴巴整理自己的羽毛一样,动作娴熟。

"去我房间吧。"她说着,把包夹在胳膊下,沿着门廊快速向前走。

电梯在楼下停了下来,她也止住了脚步,转过身来看着我。

"楼梯就在电梯口后面。"我轻声地说。

"我在这儿没有房间。"她说。

"我也觉得你没有。"

"他们是在找我吗?"

"是的,但他们要到明天才会细细地排查整个街区,而且他们只有在不能确认沃尔多身份的时候,才会开始排查。"

她盯着我说道:"沃尔多?"

"哦,看来你不认识沃尔多。"我说。

她轻轻地摇了摇头。这时电梯又开始向下。她蓝色的双眸里闪烁着惊慌的神色,就像平静的水面上激起了涟漪。

"不认识,"她上气不接下气地说道,"你带我离开这儿吧。"

我们差不多到了我的门口。我插入钥匙,转动门锁,把门朝里面打开了。我伸手去开灯,她一阵风似的从我身边进了房间,空气中飘散着淡淡的檀香味。

我关上门,摘掉帽子随手扔在椅子上,看着她走到一张牌桌前,桌子上还摆着一盘我不知道该怎么走的棋局。进来锁了门之后,她显得不那么惊慌了。

"看来你是一位棋手。"她警惕地说,好像她是专门来看我的棋局的。

我倒是希望如此。

我们俩都静静地站着,听着远处传来电梯门的叮当声,随即一阵脚步声——朝另一个方向走去。

我咧嘴笑了笑,不是因为高兴,而是因为紧张。我走进厨房,想要摸出两只酒杯,这时才发现胳膊下还夹着她的帽子和夹克。我随即走进床帘后面的更衣室,把她的帽子和夹克扔进了抽屉里。然后,我回到厨房,找出上好的苏格兰威士忌,倒了两杯。

当我端着酒杯出来的时候,她手里拿着一把枪。那是一把小型自动手枪,手柄上镶着珍珠。她拿枪对着我,眼里满是恐惧。

我停下脚步,两手各端着一只杯子,说道:"或许这炎热的季风也让你发疯了。我是一名私家侦探,如果你愿意的话,我会证明给你看。"

她轻轻地点了点头,脸色苍白。我慢慢地靠近她,把一杯酒放在她旁边,又折回身把我的这杯酒放下,掏出一张崭新的名片。她依然坐在那里,左手抚着膝盖,右手持枪。我把名片放在她的酒杯旁,然后端着我的酒杯也坐了下来。

"永远不要让人靠你那么近,"我说,"除非你是认真的。另外,你枪的保险栓还没打开呢。"

她目光下移,浑身颤抖着把枪放回了包里,又一口气喝了半杯酒,然后重重地把酒杯放到桌子上,拿起了名片。

"我很少给别人喝这种酒,"我说,"太贵了,我可负担不起。"

她撇了撇嘴,说:"我猜你是要钱吧。"

"嗯?"

她没再说什么,手又一次放在包旁边。

"别忘了保险栓。"我说道。她的手不再动了。我继续说道,"叫沃尔多的那家伙个头很高,有五尺十一寸,身材修长,皮肤黝黑,一双闪亮的棕色眼睛,细长的鼻梁,薄薄的嘴唇,穿着黑色西装,衣兜里露出一块白色手帕,急急忙忙地在找你。我是不是说跑题了?"

她再次端起了酒杯。"原来那就是沃尔多,"她说道,"那么,他怎么样了?"她的声音似乎在酒精的作用下变尖了一些。

"嗯,这件事蛮有意思。街道对面有一家鸡尾酒吧……说说吧,你整个晚上跑哪儿去了?"

"就坐在我的车里,"她冷冷地说,"大部分时间都在车里。"

"那你没看见街对面那里出事了吗?"

她的眼神想要否认,嘴上却说:"我知道那儿有一些混乱。我看见了几名警察和红色的警灯,估计是有人受伤了吧。"

"是有人受伤了,而且就是那位之前在酒吧找你的沃尔多。他描述了你的长相和衣着。"

她的眼睛死死地盯着我,就像两颗铆钉一样,脸上的表情也变得僵硬，嘴唇开始不停地哆嗦了起来。

"我当时就在那儿，跟经营酒吧的男孩在说话，"我说道，"除了一个醉汉、那个男孩和我之外，酒吧里别无他人。醉汉对身边的一切毫不理会。后来沃尔多进来打听你的消息，我们都说没看见你，他就准备离开了。"

我抿了一口酒。我喜欢这种感觉，就像喜欢身边这个同伴一样。而她却凶巴巴地看着我，像是要吃了我一般。

"就在他要走的时候，那个不搭理人的醉汉喊了一声'沃尔多'，然后掏出一把枪，朝他开了两枪。"我打了两个响指，"就这样，他被打死了。"

她把我当成了傻瓜，当着我的面大笑起来。"看来是我丈夫雇你来监视我，"她说，"我早就应该知道，整个事情不过是你和沃尔多在演戏罢了。"

我直直地盯着她，目瞪口呆。

"我从未想过他会这么嫉妒，"她气急败坏地说道，"无论如何也不会嫉妒我们过去的一个司机。当然，这跟斯坦有点关系——也很正常。可是，约瑟夫·科茨——"

我坐在那里，一动不动。"小姐，我们俩好像说岔了，"我嘴里咕哝着，"我根本就不认识哪个叫斯坦还有约瑟夫·科茨的人。拜托了，我甚至不知道你曾经有司机这件事,谁也不会整天围着他们转的。至于丈夫——嗯,我们偶尔会遇到一个'丈夫'来谈生意,但很少。"

她缓缓地摇了摇头,手搭在包上,眼里闪烁着亮光。

"生意不够好吧,马洛先生。哦不,是很不好吧。我了解你们私人侦探,都很坏。你把我骗到你的房间——如果这是你的房间的话,很可能这里住着一个更可怕的家伙,为了几块钱,什么事儿都干得出来。你现在是在吓唬我,然后再敲诈我——同时从我丈夫那里索取钱财,"她上气不接下气地说,"好吧,打算要多少?"

我把空酒杯放到一边,身体向后斜倚在椅子上。"原谅我抽支烟,"我说,"我觉得有些烦躁。"

我点烟时,她看着我,好像不再担心我会做出什么真正的坏事。"这么说,约瑟夫·科茨才是他的真名字,"我说道,"酒吧里向他开枪的那家伙叫他沃尔多。"

她笑了笑,显得有些厌烦,但也还宽容。"别磨蹭,说吧,要多少?"

"你为什么一定要见这个约瑟夫·科茨呢?"

"他偷了我的东西,我当然要从他手里再买回来。这件东西很值钱的,差不多值一万五千块呢。关键这是我深爱的人送我的,他不在了,是的,他已经不在了!他在一次空难中罹难。现在,快回去告诉我丈夫这一切吧,你这个卑鄙小人!"

"我不是小人,也不卑鄙。"我说。

"别假惺惺的了。对了,不用麻烦您去告诉我丈夫了,我自己会跟他说的,或许他已经知道了呢。"

我不禁哈哈大笑起来。"太聪明了,这不正是我要找的线索吗?"

她抓起杯子一饮而尽。"原来他以为我在和约瑟夫约会呢。好吧,或许我们以前约过,但不是为了上床,至少我不会和一个司机——一个我从门口捡回来、还给他一份工作的流浪汉——干那种事。即使我想玩,也不至于堕落到这个地步。"

"小姐,"我说道,"你确实没有。"

"好吧,我得走了,"她说道,"你要敢拦我,你就试试看。"她突然从包里抽出那把镶嵌着珍珠的手枪。我一动未动。

"为什么要这样,你这个讨厌的卑鄙小人,"她怒吼着,"我怎么知道你是不是一个私人侦探?你很可能是一个骗子,你给我的名片说明不了什么,谁都可以去打印这样一张名片。"

"当然。"我说,"我想自己可真是够聪明的。我在这里住了整整两年,就为了等你今天过来,好敲诈你一笔,让你不去约见那个叫约瑟夫·科茨的男人——那个在街道对面被干掉的、名叫沃尔多的家伙。那你带钱来买那个值一万五千块的东西了吗?"

"哦!我猜,你认为你能抢劫我了!"

"哦！"我模仿着她的语气，"我现在简直就是一个持枪抢劫的行家，不是吗？小姐，请你要么把枪收起来，要么关掉保险栓，行吗？看到这么漂亮的一把枪被你糟蹋，实在是伤害了我的职业情感。"

"我一点儿也不喜欢你这样的人，"她说，"别挡道。"

我还是没有动，她也没动。我们都坐在那儿——挨得并不近。

"走之前再帮我解开一个谜团，"我恳求说，"你究竟为什么要在楼下租那间公寓？只是为了去见大街上那个家伙？"

"别再傻了，"她没好气地说，"我不住这里，我刚才说的不是实话，这是他的房间。"

"约瑟夫·科茨的？"

她用力地点点头。

"我对沃尔多的描述听起来像是约瑟夫·科茨吗？"

她再次用力地点了点头。

"好吧，我终于得到一个真相了。你难道没有意识到沃尔多在被枪杀之前——也就是当他在酒吧找你的时候——他向我们描述了你的衣着，我们又向警方转述了，警方不知道沃尔多是谁，他们正在寻找一个穿这样衣服的人来帮他们解开谜团。这下你还不明白吗？"

她手里的枪突然开始颤抖起来。她低头茫然地看着枪，又慢慢地把它放回了包里。

"我简直就是个傻瓜，"她低声说，"竟然跟你说这些。"她盯着我看了很久，然后深深地吸了一口气。"他告诉我他住在哪里，似乎一点儿也不害怕。我猜，勒索犯都是这样吧。他本打算在大街上见我，但我去晚了。我到那儿的时候，到处都是警察。所以我就回去了，在车里待了一会儿。后来，我就来到了约瑟夫的公寓，发现门锁上了，于是我又回到车上继续等。我总共来过公寓三次，最后一次我走了一层楼梯才来等电梯。我在三楼已经被人看到过两次了。然后，我就碰见了你，情况就这样。"

"你提到了你丈夫，"我咕哝着说，"他在哪儿？"

"他在开会。"

"哦，开会。"我有点阴险地说。

"我丈夫是个非常重要的人物。他的会很多，他是一名水电工程师，全世界各地到处跑，我得告诉你——"

"别提了，"我说，"哪天我请他吃个午饭，让他自己告诉我这些事。无论约瑟夫拥有什么，对你来说已经毫无价值了，就像约瑟夫本人一样。"

"他真的死了吗？"她低声说，"是真的吗？"

"他真的死了，"我说，"死了，死了，死了。小姐，他已经不在了。"

她最终相信了我，我还以为她不会信呢。在我们的沉默中，电梯停在了四楼。

我听到了走廊传来的脚步声，我们都有种不祥的预感。我把手指竖在嘴唇前，示意她不要说话。此时，她没有动一下，脸上表情僵硬，眼里充满了恐惧，大风拍打在紧闭的窗户上，发出隆隆的响声。无论是天热还是不热，只要圣塔安娜季风刮起来，就一定得关上窗户。

走廊传来的脚步声听起来是一个男子随意走动的声音，但是脚步声却在我门口停了下来，此时，传来了敲门声。

我指了指壁床后面的更衣室。她悄悄地站起身，把包紧紧地摁在身体的一侧，我又指了一下她的酒杯，她迅速拿走酒杯，脚尖滑过地毯，进了更衣室的门，轻手轻脚地把身后的门关上。

我不知道，我为什么要惹上这样的麻烦。

门外又响起了敲门声，我的手心直冒汗。我故意把椅子弄得嘎吱响，然后站起身来，打了一个很响的哈欠，接着走过去开门——没有带枪就去开门，真不该这样。

三

我起初并没认出他是谁，或许，沃尔多根本就不认识他。他在酒吧里一直戴着帽子，而现在却没戴，之前我以为他的帽檐正好盖住头发，现在发现原来帽子遮住的地方是白皙而又光亮的头皮，看起来像是一个大大的疤痕。他看起来不仅仅是老了二十岁，完全像是变了一个人。

但我认得他手里的那把枪，那把点二二口径大准星自动手枪。我还记得他那双眼睛，那双像蜥蜴的眼睛一样明亮、冷酷、浅薄的眼睛。

他独自一人，用枪轻轻地抵着我的脸，从牙缝里挤出几个字："是的，是我，让我进去。"

我倒退着，直到他进了屋，我也停了下来。我是按照他的意愿做的，这样他就可以轻松关上门。我从他的眼神里看出来他就是这个意思。

我并没有感到害怕，只是身不由己。

他关上门之后，又逼着我慢慢地往后挪了几步，直到有什么东西抵住了我的腿。我们四目对视了一下。

"那是一张牌桌，"他说，"哪个呆子在这儿下棋，你自己？"

我咽了一口唾沫，说："我并没有真正下棋，只是消磨时间罢了。"

"那就是说有两个人。"他的声音有点儿嘶哑的柔和感，好像他的气管在庭审中被警察用警棍打伤了似的。

"这是一个棋局，"我说，"不是两个人的游戏，你看看棋子。"

"我怎么知道？"

"嗯，我自己一个人住。"我声音有点颤抖。

"这没啥两样，"他说，"反正我是完蛋了，一些告密者会让警察来抓我，或许是明天，或许是下周，鬼才知道？老兄，我就是不喜欢你那张脸，还有那个自以为是、满身脂粉气的男孩，他就是在福德汉姆什么队里打左边锋的那个人，像你们这样的家伙都见鬼去吧。"

我既没有说话，也没动一下。枪的大准星近乎爱抚似的轻轻扫过我的脸颊，他脸上露出了一丝笑容。

"这也是一桩好生意，"他说，"以防万一，像我这样的老手是不会留下完整指纹的，对我最不利的就是两个目击者，真他妈该死。"

"沃尔多对你做了什么？"我尽量让自己显得只是顺口一问，以此来掩盖我颤抖的声音。

"我们一起在密歇根抢了一家银行，我被囚禁了四年，他自己倒逍遥自在。坐四年牢可不像是坐夏日游轮,他们会让你变得听话、守规矩。"

"你怎么知道他会来酒吧的？"我声音嘶哑地问道。

"我并不知道他会来酒吧。哦，是的，我在找他，我一直想见到他。前天晚上我在大街上瞥了他一眼，但又错过了。之后我就没找他了，没想到在酒吧却又碰上了。沃尔多，那个装腔作势的家伙，他现在怎么样了？"

"他死了。"我说。

"我依然是高手，"他轻轻一笑，"不管是醉酒还是清醒，嗯，对我来说都没什么影响，他们现在还在市区里找我吗？"

我没有很快回答他。他把枪顶在我的喉咙上，我哽咽着，出于本能地伸手去抓枪。

"别动，"他轻声警告我，"不会的，你没那么傻。"

我收回双手，放在身体两侧，两手张开，手心朝他靠近，做投降状，他正是想要我这样做。他没有碰我，除了用那把枪抵着我。他似乎并不在意我是否也有枪，如果他真的想要朝我开枪的话，他是不会在意的。

回到这条街后，他似乎对任何事都不太在意，或许是因为今晚热风的缘故吧。热风撞击着紧闭的窗户，发出低沉而有回响的声音，仿佛海浪冲击着码头。

"他们采集到了指纹，"我说，"但不知道是不是清晰。"

"应该还可以。但对于电传来说，是不够清晰的。他们得花时间带上航空邮件到华盛顿，然后再把结果送回去核对。老兄，告诉我，我为什么会来这儿？"

"你听见我和那个男孩在酒吧里说的话。我跟他说了我的名字，我的住所。"

"你说的是我如何找到这儿。老兄，我问的是为什么。"他冲我笑了笑。这很可能是你再也不想看到的微笑，它让人感到恶心。

"算了吧，"我说，"刽子手可不会让人猜他为什么会来这里。"

"要我说，你倒是挺固执的。干掉你之后，我就去找那个男孩。我从警察总署一直跟踪他回家，但我想首先应该干掉的人是你。我开着沃尔多租来的车尾随着他,从市政厅到他家,哦,是从警察总署。老兄,那帮警察也很可笑,你哪怕是坐在他们的大腿上,他们也不认识你是谁。他们只会整天带着机关枪,开着警车满大街跑,还撞倒了两个路人——一个是在车里熟睡的出租车司机,另一个是在二楼拖地的老清洁女工——却跟丢了他们追踪的那个家伙。真是一群滑稽可笑的混蛋。"

他把枪口在我的脖子上转动了一下,眼神看起来比之前更加愤怒。

"我还有时间,"他说,"沃尔多租的车不会立即被发现,他们也不会很快查出沃尔多的身份。我认识沃尔多,他很聪明,也是一个精明的小伙子。"

"你要是再不把枪从我的喉咙拿开,我就要吐了。"我说。

他微笑着把枪挪到了我的胸口。"这里怎么样?说吧,你想什么时候死?"

我当时嗓门肯定比我想的还要大。壁床后面更衣室的门露出了一道漆黑的缝隙,起先约一英寸宽,然后又开到四英寸。我看到了她的眼睛,但我没有盯着她,而是紧紧地盯着这个秃顶男人的眼睛,紧紧地盯着,因为我不想让他将目光从我身上移开。

"害怕吗?"他轻声问道。

我倚着他的枪,浑身开始发抖,我觉得他很乐意看到我发抖的样子。那女孩从门后闪出,手里再次举起了枪。我真是替她感到懊悔得要死,她可能会夺门而逃,或者是尖叫一声,不管哪种方式,对我们俩来说,都是死路一条。

"好了,别再浪费时间了。"我低声说着。我的声音听起来是那么遥远,好像是街对面收音机里传来的声音。

"我喜欢这样,兄弟,"他笑了,"我就是这样想的。"

女孩悄悄地移动着身体,站在了他身后,她的脚步轻得几乎什么也听不到。但这一切于事无补,因为他根本就没把她放在眼里。我一辈子都不会忘了他,虽然我现在看着他才五分钟时间,但我已经很了解他了。

"我是不是该喊救命?"我说。

"是的,你是该喊救命,喊吧。"他带着杀手的微笑说。

她没有向门口走,而是站在他身后。

"好……我这就要喊了。"我说。

我的这句话似乎是一个暗号。她悄悄地用那把小手枪猛地抵住他的肋骨,没发出一丁点响声。

他不得不做出反应,就像是膝跳反射一样。他的嘴巴突然张开,两只胳膊从身体两侧迅速抬起,背稍稍弓了一下,用枪指着我的右眼。

我迅速抽身向下躲开枪口,用尽浑身力气,一脚踢向他的裤裆。

就在他低头朝下看的当儿,我一拳击中他的下巴。我竭尽全力,就好像是要把最后一根道钉钉入第一条横贯大陆的铁路线上一样。当我弯曲手指关节时，我仍然能感觉到当时的力量。

他的枪从我脸的一侧扫过，但他并没有开枪。他的腿已经瘸了，扭动着倒了下来，不停地喘息着，身体左侧贴着地面。我用力踢了一下他的右肩，枪从他手中滑落，掉在椅子下面的地毯上。我听见身后的棋子叮叮当当地滚落到地板上。

那女孩站在他旁边，俯视着他。然后，她抬起那双惊恐万分的蓝色大眼睛，紧紧地盯着我。

"真是太佩服你了，"我说，"我所有的一切都是你的——从现在起直到永远。"

她并没有听见我说的话。她太紧张了，眼睛睁得大大的，以至于露出了虹膜下的眼白。她迅速地拿起枪，快步退到门口，手摸了摸身后的门把，然后扭动了一下，拉开门，溜了出去。

门关上了。

她没戴帽子，也没穿她的开襟夹克上衣，就这样走了。

她只带了那把枪，而且枪的保险栓还是扣着的，这样她的枪就不会走火了。

尽管外面风很大，此时房间里却异常安静。随后，我听到他在地板上喘息着，脸色发青。我走到他身后，在他身上翻找着，看他还有没有其他枪支，但我并没有找到。我从书桌里拿出一副在商店里买到的手铐，拉着他的胳膊放在胸前，"啪"的一声扣住了他的手腕。只要他不用力地摇晃，手铐还是很牢固的。

尽管他的双眼中充满了痛苦，但仍喷出要置我于死地的怒火。他躺在地板中间，依旧是左侧着地。这是一个身形扭曲、形容枯槁、头顶光秃的家伙，嘴唇上翘，牙齿上镶着廉价的银色填充物。他的嘴巴看起来像一个黑乎乎的洞，呼吸也变得不均匀，窒息、停止、再次窒息、停止，听起来软弱无力。

我走进更衣室，打开了橱柜里的抽屉。她的帽子和夹克还放在我的衬衫上，我把她的东西放在抽屉最里面的下层，然后再把覆在上面的衬衫弄平整。接着，我去厨房倒了一杯纯威士忌。放下酒杯，我站了一会儿，听窗外呼啸的狂风敲打着玻璃。此时，车库的门砰砰作响，原来是一条被绝缘体包裹着的电线撞到了大楼的墙壁上，听起来就像是有人在捶打着地毯。

酒精在我身体里起作用了。我回到客厅，打开了一扇窗户。躺在地板上的那个家伙并没有闻到她留下的檀香味，但是其他人可能会嗅到。

我又关上窗户，搓了搓手掌，拿起电话准备打给警察总署。

库帕尼克还在那里，电话里传来了他自以为是的声音："是吗？马洛？千万别告诉我，我敢打赌你又在打什么主意。"

"找到那个凶手了吗？"

"我们不能说，马洛，抱歉啊，你懂得。"

"好吧，我才不在乎他是谁，快过来，把他从我房间的地板上拖走。"

"上帝啊！"接着他的声音平静了下来，"等等，现在等一等。"我似乎听到了遥远的电话那头传来的关门声，然后又传来了他的声音，"快说。"他轻声地说。

"我给他戴上了手铐，"我说，"都交给你了，我不得已踢中了他的要害，但他不会有事儿的，他来我这里是为了杀人灭口。"

又是一阵停顿，随后他的嘴巴好像是抹了蜜一般，电话那头传来他温柔的声音："听着，伙计，现在还有谁和你在一起？"

"还有谁？没有别人，就我自己。"

"保持原样，伙计，跟谁都不要说，好吗？"

"你以为我想让附近所有的流浪汉来我这里观光吗？"

"别紧张，伙计，放松点，坐着别动，静静地坐着，我马上就到。什么都不要动，明白我的意思吗？"

"好的。"我再次把地址和房间号码给了他，以节省他的时间。

我能想象得到，他那瘦巴巴的脸上一定神采飞扬。我从椅子下拿起那把点二二口径的大准星手枪，坐在那儿等他，直到听到外面走廊上的脚步声,接着听到了轻轻的敲门声。

库帕尼克是自己一个人来的。他迅速地堵在了门口,咧嘴笑着,把我推回到房间里,然后关上门。他背靠门站着,一只手放在外套左边的口袋里。他体型高大,瘦骨嶙峋,眼神呆板而又冷酷。

他慢慢地将目光下移,看着地上躺着的那个男子。男子的脖子有些抽搐,他的眼睛不经意地动一下,显得很疲惫。

"确定就是这个家伙吗?"库帕尼克声音有点嘶哑。

"确定,伊巴拉在哪里?"

"哦,他很忙。"他说这句话的时候没看我,"那是你的手铐吗?"

"是的。"

"钥匙给我。"

我把钥匙扔给他。他迅速走到凶手身旁,单膝跪地,把手铐从那人的手腕上取下来,扔到一边,随后从屁股后面掏出他带来的手铐,把秃头男人的双手拧到身后,"啪"的一声扣上了手铐。

"行了,你这个混蛋。"凶手面无表情地说。

库帕尼克咧嘴一笑,紧握拳头,一拳打在那人的嘴巴上。男子的头向后一仰,脖子差点都断了,鲜血从他的嘴角淌了下来。

"拿条毛巾。"库帕尼克命令道。

我拿了一条擦手毛巾递给他,他不怀好意地把毛巾塞进了戴手铐男子的嘴巴。接着,他站起身来,抬起干瘦的手指在乱糟糟的金发间揉搓着。

"好了,说说吧。"

我把事情跟他说了一遍,完全没有提到那个女孩,听起来有点滑稽。库帕尼克看着我,什么也没说。他揉了揉他那脉络突出的鼻子,然后拿出一把梳子,就像傍晚早些时候在酒吧里那样,梳起了头。

我走过去把枪递给了他。他漫不经心地看了看,把枪扔到自己的口袋里。他的眼神里似乎藏着某种东西,脸上露出了灿烂的笑容。

我弯下腰,捡起我的棋子,扔到盒子里,然后把盒子放到壁炉架上,将牌桌的一条桌腿扶正,又四处走动了一会儿。在这期间,库帕尼克一直盯着我。

最后他终于说话了。"这个家伙用的是一把点二二口径手枪,"他说,"他之所以用它,是因为他有足够的能力操控这样的枪。这就说明他枪法很准,他敲开你的门,用枪顶在你的肚子上,就这样抵着你退回房间,并且说他是来找你杀人灭口的——没想到却被你抓住了。你没枪,一个人就把他拿下了,你可真是了不起啊,老兄。"

"听我说。"我低着头说。我拿起一个棋子,在我的手指之间揉搓起来。"我正在破解一个棋局,"我说,"尽量忘掉一切。"

"你有心事,老兄,"库帕尼克轻声说,"你不会想方设法地去愚弄一个老警官的,是吗,小伙子?"

"这可是个大难题,我正想问你呢。"我说,"你究竟想要知道什么?"

这时,地板上的那家伙从塞着毛巾的嘴里发出模糊的声音。他汗津津的光头上泛着亮光。

"怎么了,伙计?有什么话想说吗?"库帕尼克几乎是低声耳语。

我很快地瞥了他一眼,又看了看别处。"好吧,"我说,"你知道我一个人是没法对付他的,他当时用枪指着我。枪指向哪儿,他就看着哪儿。"

库帕尼克闭上了一只眼睛,用另一只眼斜视着我,和蔼地说:"继续,伙计,我也想到了这一点。"

我拖着脚步又走了一会儿,使自己看起来不那么紧张。我缓缓地说:"这里有个孩子把车停在波义耳高地附近,准备抢劫,但没有成功,是准备抢一个加油站。我认识他的家人。他并不是一个真正的坏孩子,来我这儿是为了向我讨一些坐火车的钱。敲门声响起的时候,他溜进了那里面。"

我指了一下壁床和旁边的门。库帕尼克慢慢地转过头去看,然后又转回来,他眨了眨眼睛。"这孩子有枪。"他说。

我点了点头,说:"他走到他身后。这可需要胆量啊,库帕尼克,你得放过那孩子,别让他受牵连。"

"你是在为那孩子开脱吗?"库帕尼克轻声问。

"没有,他说,他害怕以后会有麻烦。"

库帕尼克笑了。"我是个刑侦警督,"他说,"我不知道,也不在乎。"

我伸手朝下指着那个躺在地上的家伙。他嘴被堵着,手被铐着。"是你抓住的他,不是吗?"我轻声地说。

库帕尼克保持着微笑,伸出他发白的大舌头舔了舔厚厚的下嘴唇。"我是怎么抓到他的呢?"他低声说。

"子弹从沃尔多身体里取出来了吗?"

"当然,长长的点二二口径手枪的子弹,一颗打折了一根肋骨,另一颗穿过了他的身体。"

"你是个细心人,你不会错过任何角落的,你知道我的事儿吧?你顺便过来看看,看看我用的什么枪。"

库帕尼克站起身,再次单膝跪在杀手的身旁。"听到我说话吗,伙计?"他问了一声那个躺在地上的家伙,几乎脸贴着脸。

那家伙发出了一些模糊的声音,库帕尼克站了起来,打了个哈欠,说:"谁在乎他说什么?继续说,老兄。"

"你并不指望在我这里能发现什么线索,但你想来我的房间看看。就在你搜到那儿的时候,"我指了指更衣室,"我什么都没说,也许只是有点不高兴。此时有人敲门,随后他进来了,过了一会儿,你悄悄地出来抓住了他。"

"啊,"库帕尼克开心地咧嘴一笑,露出像马一样多的牙齿,"说得对,老兄,我狠狠地揍了他,用脚踹他,然后把他制服了。你没有枪,那家伙突然迅速向我转过身来,我从左侧将他摔倒在地,怎么样?"

"很好。"我说。

"你到了警署也会这么说吗?"

"是的。"我说。

"我会保护你的,老兄。你对我好,我也会对你好的。别提那孩子的事了吧,如果他想要开脱,跟我说一声就行。"

他走过来伸出手,我握了握他的手,他的手又湿又黏,就像一条死鱼。湿冷的手和它的主人一样让我感到恶心。

"还有一件事,"我说,"你的搭档——伊巴拉,你没带他一起来,他会不会生气呢?"

库帕尼克揉乱了他的头发,用一块大大的淡黄色丝绸手帕擦了擦他的帽带。

"那个贱货?"他冷笑道,"见鬼去吧!"他走到我身边,面对面站着,"我们俩的事,不会有问题的,老兄。"

他呼出的口气很糟糕,正如我所料。

四

库帕尼克把这件事情告诉大家的时候，警长的办公室只有我们五个人：速记员、警长、库帕尼克、我和伊巴拉。伊巴拉斜靠在挨着墙壁的椅子上，帽檐几乎遮住了眼睛，但他柔和的目光在帽檐下若隐若现，嘴角挂着一丝微笑。他没有直视库帕尼克，而库帕尼克也根本不会正眼看他。

外面走廊上有库帕尼克跟我握手的照片。库帕尼克的帽子戴得端端正正，手里举着枪，脸上露出严肃而又意味深长的表情。

他们说他们知道沃尔多是谁，但是不会告诉我。我认为，他们并没有查出沃尔多是谁，因为警长的桌子上有一张沃尔多在太平间的照片。他们把沃尔多收拾得很干净，头发整齐，领带笔直。在灯光照耀下，他的眼睛看起来炯炯有神，没有人会想到那是一个心脏中了两弹的死人的照片，他看起来就像舞厅里一位风度翩翩的男子，正在犹豫是选择一位金发女郎还是红发美女。

我到家时已是午夜时分，公寓的门锁上了。当我摸索着找我的钥匙的时候，黑暗中冒出一个低沉的声音。

只说了一句："请听我说！"但我熟悉这个声音。我转过身，看见一辆黑色的凯迪拉克敞篷车停在附近的装卸区，车没有开灯，街灯的光线正好映射出她明亮的双眸。

我走上前去，说："你真是个大傻瓜。"

她说："上车。"

我上了车之后，她发动车，沿着富兰克林大街行驶了有一个半街区，然后转向金斯利大道。灼热的狂风仍然在咆哮着。公寓大楼有一扇遮掩的窗户被打开了，里面传来收音机的声音。那里停满了车，但她在一辆小小的全新帕卡德敞篷车后面找到了一个空位，这辆新车的挡风玻璃上还贴着经销商的贴纸。她戴着手套，先把车开到路边，然后把车倒进了车位。

她现在一身黑色装束，或许是深棕色，戴着一顶可笑的帽子。我闻到了她香水中的檀香味。

"我对你不是很好，是吗？"她说。

"你救了我的命。"

"发生了什么事？"

"我打电话叫来了警察，一个我讨厌的警察。我向他撒了谎，把这一切都交给了他。就是你帮我抓到的那个家伙杀死了沃尔多。"

"你是说……你没跟警察提到我？"

"小姐，"我又重复了一遍，"你救了我的命，你还想要做什么呢？我准备好了，愿意为你效力，我会尽力做到的。"

她沉默不语，站在那里一动不动。

"我不会告诉任何人你是谁,"我说,"顺便说一句,我也不认识你。"

"我是弗兰克·C·巴萨利夫人,住在弗里蒙特大街212号,电话是奥林匹亚24596,这不就是你想要的吗?"

"谢谢。"我咕哝着,指缝间夹着一支没有点燃的香烟。"你为什么要回来?"接着我用左手打了一个响指,"你的帽子和夹克,"我说,"我上去拿。"

"不止这些,"她说,"我想要我的那串珍珠。"

我当时可能都惊讶地跳了起来,她似乎只留下了这些东西,根本就没有什么珍珠。

一辆车沿着街道快速驶过,几乎超速了两倍,扬起了一阵淡淡的灰尘,在路灯下打着转儿,旋即又消失了。那女孩很快地摇起了车窗挡住尘土。

"好吧,"我说,"说说关于珍珠的事。我们今天碰到了一桩谋杀案,遇到了一个神秘的女子,一个疯狂的杀人犯,又得到了一个英雄的营救,协助一位警探做了假的报告,现在我们又要寻找珍珠。好吧,说说吧。"

"我打算花五千块钱买那串珍珠,就是从你口中的沃尔多——我称之为约瑟夫·科茨的那个人手里买。珍珠应该在他那儿。"

"没有珍珠,"我说,"我看到了他口袋里掏出来的东西了,有不少钱,但没有珍珠。"

"他会不会把珍珠藏在他的公寓里了？"

"有可能，"我说，"据我了解，他可能把珍珠藏在加利福尼亚的任何地方，除了他的口袋里。这么闷热的晚上，巴萨利先生怎么样？"

"他还在市中心开会，要不然我也来不了这儿。"

"嗯，你该带他来的，"我说，"可以坐后座上。"

"哦，我不知道，"她说，"弗兰克体重二百磅，身体相当结实。我觉得他不乐意坐在后座，马洛先生。"

"我们到底在说些什么？"

她没有回答我，戴着手套的双手轻轻地拍打着方向盘的边缘。我把还没点燃的香烟扔出窗外，微微转身，抱住了她。

当我松开她的时候，她尽可能地坐在车的另一边，远离我，然后用手套的背面擦着她的嘴唇。我静静地坐着，一动不动。

我们陷入了沉默，然后她缓缓地说："自从斯坦·菲利普斯在飞机上出事后，我就不会那样子了。要是他没死的话，我现在已经是菲利普斯太太了。那串珍珠是斯坦给我的，他曾告诉我说价值一万五千美元。最大的一颗珍珠直径大约有三分之一英寸。我不知道总共有多少颗，我从来没有拿去估价或拿给珠宝商看，所以我不知道这些事情。但是因为斯坦，我很爱这些珍珠，我爱斯坦。你刚刚所做的只是一时冲动，明白吗？"

"你叫什么名字?"我问。

"萝拉。"

"继续说,萝拉。"我从口袋里又拿出一支香烟,夹在手指间摆弄着,只是不想让手指闲着而已。

"那串珍珠上带有一个简单的银搭扣,形状像一个双叶螺旋桨。中间那颗珍珠上镶有一颗小小的钻石。我跟弗兰克说,这是我自己从商店买回来的,是假货。他不知道真货和假货有什么差别。我敢说,要区分真伪还真不是那么容易的事。你明白了吧——弗兰克嫉妒心很强。"

黑暗中,她逐渐靠近我。我们肩并肩挨着,但这次我没动。狂风呼啸,树木在晃动,我的手指不停地摆弄着那支香烟。

"我想你一定读过那个故事吧,"她说,"就是有一位妻子拥有一串真的珍珠,却告诉她丈夫说是假的。"

"我读过,"我说,"毛姆的作品。"

"我雇了约瑟夫,当时我丈夫在阿根廷,我很孤独。"

"你是很孤独。"我说。

"我和约瑟夫经常开车去兜风,有时我们一起喝一两杯,但就这些,我并没有……"

"你跟他说珍珠的事了,"我说,"你那体重二百磅的丈夫从阿根廷回来后,就把他撵走了……他拿走了那串珍珠,因为他知道那串珍珠是真的。后来,他向你索要五千美元才肯把珍珠还给你。"

"是的,"她回答得很简洁,"当然,我不想报警。因此,在这种情况下,约瑟夫并不害怕我知道他的住所。"

"可怜的沃尔多,"我说,"我为他感到惋惜。意外撞见一位昔日的仇人真是倒霉透了。"

我用鞋底划了一根火柴,点燃了香烟。烟草被热风吹得更加干燥,就像干草一样迅速燃烧。那女孩静静地坐在我身边,双手再次搭在方向盘上。

"让这些人见鬼去吧——我是指飞行员。那你现在仍然爱着他,或者你觉得你还爱着他。你把那串珍珠放在哪儿了?"我说。

"在我梳妆台上的一个俄罗斯孔雀石首饰盒里,与其他一些珠宝首饰放在一起的,我想要穿戴的东西都会放在这儿。"

"那串珍珠值一万五千美元。你认为约瑟夫可能把它藏在他的公寓里了,301房间,是吗?"

"是的,"她说,"我觉得我要求的太多了。"

我打开车门,下了车,说:"你救了我的命,我得去看看。我住的这栋公寓的门不是很复杂,警察一旦把沃尔多的照片刊登到报纸上,就很快会知道沃尔多的住处,但我想,今晚他们是不会来的。"

"你真是太好了,"她说,"我在这儿等你,好吗?"

我一只脚站在车的踏板上，斜着身体，看着她。我没有回答她的问题，只是静静地站在那里，看着她明亮的双眸。随后我关上车门，朝着富兰克林大街走去。

即使大风吹皱了我的脸，我依旧能闻到她头发上的檀香，感受到她温柔的嘴唇。

我打开伯格伦德公寓的大门，穿过寂静的大厅，来到电梯口，上了三楼。然后轻手轻脚地沿着寂静的走廊往前走，低头寻找着301公寓的门牌。没有灯光。我敲了敲那间房门，门上印着很旧的、看起来很神秘的刺花图案，是一名走私犯，他面带笑容，裤子的后口袋特别地深。没有人回应，我拿出一张又厚又硬的赛璐珞胶片，平时放在我钱包里，当作驾照的保护膜用的。我把赛璐珞胶片轻轻地塞入锁和门框之间，紧紧地握着门把手，朝锁芯转的方向推，胶片的边缘卡住了弹簧锁，锁芯往回一弹，发出了清脆的响声，就像是冰柱断裂的声音。门开了，我走进了一片黑暗之中，街灯透过窗户照进来，到处都是星星点点的光点。

我关上门，"啪"的一声打开了灯。空气中有一股奇怪的气味。我很快就闻出来了——是深色烟叶的味道。我悄悄地走近窗户旁边的烟缸托座台，低头看见了四个棕色烟头——产于墨西哥或南美的香烟。

楼上就是我住的四楼，此时，楼上出现了脚步声，有人进了浴室，我听到抽水马桶冲水的声音。我走进301房间的浴室,那里只有一点垃圾,其他什么都没有,什么也藏不了。厨房空间稍微大一些,但我只搜了一半,我知道那串珍珠不在这个房间里。沃尔多当时急急忙忙要走出酒吧,肯定是有什么事,就在他转身的一瞬间,却挨了老仇人的两颗枪子儿。

我回到客厅,摇了摇壁床,从装镜子的一侧往更衣室看,看是否有人来过的痕迹。随着壁床的晃动,我不再想去找珍珠,而是被一个男子吸引住了目光。

他身材矮小,四十岁上下的样子,两鬓灰白,皮肤黝黑,身穿黄褐色西装,系着酒红色领带。一双匀称的褐色小手无力地耷拉在身体两侧。他的脚不大,穿着一双擦得锃亮的尖头皮鞋,脚尖几乎是垂向地面。

他被一根绳子绑住了脖子,绳子拴在床的金属顶上,他的舌头从嘴巴里伸得很长,比我想象的要长得多。

他稍微晃动了一下,让我很厌恶,所以我把壁床合上了。他静静地贴靠在两个固定的枕头之间。我还没有去碰他,不用摸也知道他的身体已经冷得像冰块一样了。

我绕过他走进更衣室,掏出手帕裹住抽屉的把手。这个单身男子居住的地方,除了一些零星的垃圾外,被打扫得干干净净。

我从更衣室出来,开始在这个男子身上搜,没有搜到钱包,很可能已经被沃尔多拿走扔掉了。兜里有一个压扁的烟盒,里面还有半盒烟,烟盒上烫着金色的字:"路易斯·塔皮亚·Y·瑟亚,派桑杜街19号,蒙得维的亚。"火柴是斯佩齐亚俱乐部的。他腋下佩戴着一把黑色纹理皮革枪套,里面装着一把九毫米口径的毛瑟枪。

这把毛瑟枪说明他很专业,因此我心里好受了些。但他似乎又不是那么专业,否则一个赤手空拳的人是不可能结束他的生命的,况且那把可以击穿墙面的毛瑟枪还在他的枪套里。

我稍微理了一下思绪,但仍然不是很清晰。烟盒里的烟抽了四支,所以要么是有人在等候,要么是有人在谈话。沃尔多站在某个位置,掐住了这个小个子男人的喉咙,用一种可以让他在几秒钟内就晕过去的方法把他制服,毛瑟枪对他来说还没有一根牙签有用。然后沃尔多用皮带把他吊起来,这时他可能已经死了。因为急着赶时间,沃尔多没有清理房间。他心里还想着那个女孩呢,这也正是为什么他在酒吧外面没有将车熄火。

也就是说,如果是沃尔多杀了这个人,如果这的确是沃尔多的公寓,而我没有被愚弄,那么这一切都变得明朗了。

我搜了一下他身上其余的口袋。在他裤子的左前口袋里,我找到了一把金色小刀,上面镀了银。在左后口袋里,有一块叠着的、带香味的手帕。右后口袋是开着的,什么也没有。右前口袋里装着四五张纸巾——一个爱干净的家伙,他似乎不喜欢用手帕擤鼻涕。在这个口袋下面有一个小小的新钥匙夹套,上面挂着四把新钥匙——汽车钥匙。钥匙夹套上面印着金色的字:R·K·福格尔桑股份有限公司谨致,"帕卡德的房子"。

我把所有的东西都放回了原处,把床也挪回了原来的位置,用手帕把门把手和其他物件都擦拭了一遍,关上灯,打开门向外看。整个走廊空荡荡的。我下了楼,来到大街上,走到了金斯利大道的一个角落,那辆凯迪拉克还在那儿。

我打开车门,斜靠在车门边上。她似乎一直坐在那里没有动,脸上没有任何表情,除了眼睛和下巴,什么都看不见,但很容易就闻到了檀香的味道。

"这香水味,就连教堂的执事都会为之着迷的,"我说,"没有找到珍珠。"

"哦,谢谢,你已经尽力了,"她用一种轻柔而又充满活力的声音说,"我想我能接受这个事实,我要不要……我们……还是……?"

"你现在回家吧,"我说,"不论发生什么事,你之前从未见过我,就像你再也见不到我一样。"

"我讨厌这样。"

"祝你好运，萝拉。"我关上车门，往后退了一步。

车灯亮了，车发动了。那辆大轿车在拐角处迎着狂风，缓慢而又略带轻蔑地掉头离开了。我仍然待在刚才停车的地方，站在路边的空地上。

周围一片漆黑，之前播放广播的那间屋子现在已经亮起了灯。我站在那里，看着一辆崭新的帕卡德敞篷车的车尾。在我上楼之前，就在同一个地方，萝拉的车前，我看到过这辆车。车停在那儿，周围一片黑暗，一片寂静，蓝色的贴纸依然贴在闪亮的挡风玻璃的右上角。

此时，我的脑海里浮现出了其他画面，一套崭新的车钥匙挂在钥匙夹套上，上面印着字："帕卡德的房子"。钥匙就在楼上，在一个死人的口袋里。

我走到车前，掏出一只便携式小手电，照着蓝色的贴纸。原来和钥匙套是同一个经销商。名字和宣传语下面是用钢笔写的姓名和地址——科尔琴科，西洛杉矶阿尔维达大街5315号。

简直太离奇了。我回到了301房间，像之前那样撬开了门，走到壁床的后面，从那具挂在那里的棕色尸体的裤子口袋里拿出了钥匙套。五分钟后，我又回到大街上，来到了敞篷车旁，试了一下。拿到的钥匙正好是汽车钥匙。

五

那座小房子靠近峡谷边缘,离索特尔较远,前面是一圈被风刮得歪歪扭扭的桉树。但除此之外,在街道的另一边,一场疯狂的派对正在进行中。一些人从屋子里跑出来,在人行道上摔碎酒瓶,那声音就像耶鲁对阵普林斯顿时来了一个触地得分一样。

我要找的房子围着一个铁丝网,种着一些玫瑰,还有一条挂满旗子的通道和一个敞开的车库。车库里面没有车,房子前面也没有车。我按了按门铃,等了很长时间,门突然开了。

从她那涂满眼影并且闪烁着的眼睛里,我明白了我并不是她所期盼的那个人。然后,我在她眼里就看不出什么了,她只是呆呆地站在那里看着我。这位女士又瘦又高,肤色浅黑。她脸上涂着胭脂,浓密乌黑的头发从中间分开,嘴巴大得几乎可以吞下三层的三明治。她身着珊瑚色与金色相间的睡衣,脚穿拖鞋——趾甲上还涂着金色的指甲油。她的耳垂上挂着几个小铃铛,在微风中"叮叮当当"响着。她缓缓地、很不屑地挥了挥手中的烟斗,长长的烟斗像一根棒球棍。

"你……有什么事,小伙计?你要干什么?你是从街对面的派对上走丢了吗,嗯?"

"哈哈,"我说,"很不错的派对,是吧?我没有走丢,我刚把你的车送回来,你的车丢了,不是吗?"

街对面的前院里有人因喝多了耍酒疯，混合的四重唱在这个夜晚嘶吼着，听起来很恐怖。然而这位异国的黑发女郎站在那里一动不动，甚至连眼睛都没有眨一下。

她长得并不美，甚至连漂亮都算不上，但她看起来让人觉得什么事情都有可能在她身上发生。

"你刚刚说什么？"她终于跨出了大门，声音柔得像烤焦的面包片一样。

"你的车。"我手指越过肩膀，指着身后的车，眼睛盯着她。她是那种会动刀的女人。

长长的烟斗慢慢地垂下，里面的烟草掉了出来，我上前一脚把它踩灭，借此进入了大厅。她后退了几步，我顺势关上了门。

房子的走廊很长，就像纵长排列的车厢式公寓走廊一样。略带粉色的灯光在金属支架上闪耀，走廊的尽头是一个珠帘，地板上铺着虎皮。这个地方和她很搭配。

"您是科尔琴科小姐吗？"我问道，没做其他动作。

"是……是的。我是科尔琴科，你……你要干什么？"

此刻，她看着我，好像我是来洗窗户的，但来得不是时候。

我左手拿出一张名片，伸手递给她，她没有接，只是伸头朝我手里看了一眼。"你是个侦探？"她吸了一口气。

"是的。"

她呼噜呼噜地说着什么，我没听懂，然后她用英语说："进来！这该死的风把我的皮肤吹得干燥得就像纸巾一样。"

"我们进来了呀，"我说，"我刚把门关上。"

在珠帘之后，有个男人咳嗽了两声。她好像被牡蛎叉卡住了似的，跳了一下。随后她尽量保持微笑，但这并不奏效。

"给你酬金，"她轻声说，"你就在这儿等着，十美元，很公平，不要吗？"

"不要。"我说。

我缓缓地向她伸出一根手指，又说了一句："他死了。"

她跳了有三英尺高，大叫一声。

椅子"嘎吱"地响了一声，珠帘那边响起了脚步声，一只大手把珠帘撩到一边，一个长相不好的金发高个子男人出现在了我们眼前。他的睡衣外面套着一件紫色袍子，右手插在长袍口袋里，好像攥着什么东西。他一走出珠帘，就站在那里一动不动，双脚坚实地站立着。他下巴突出，黯淡的眼睛像灰色的冰块，看起来就像一个在橄榄球比赛中很难被抱摔的人。

"怎么回事，亲爱的？"他严肃地说。那语气听起来似乎他愿意为眼前这个涂着金色趾甲的女人付出一切。

"我来给科尔琴科小姐送车。"我说。

"好吧,你可以摘掉帽子,"他说,"放松点。"

我拿掉帽子并表示歉意。

"好的。"他说,右手仍然紧紧地放在紫色袍子的口袋里。"这么说,你是来给科尔琴科小姐送车的,从这儿继续说。"

我从那个女人的身边挤过去,离他近一些。她身子一缩,退到了墙边,两手撑着墙面,样子十分滑稽,好像在戏剧中出演中学生的女演员,那柄长长的烟斗掉在了她的脚趾旁,空荡荡的。

当我走到离大个子大约六英尺距离的时候,他很轻松地说:"你站在那儿,我也能听到你说话,别那么紧张。我口袋里有把枪,看来我得学学怎么用它。现在谈谈车吧。"

"借走车的人不能把车送回来了。"我说着,把一直握在手里的名片递到他眼前。他只是瞥了一眼,然后回头看着我。

"那又怎样?"他说。

"你总是这么态度强硬吗?"我问道,"或者只是在你穿上睡衣的时候才这样?"

"那他为什么不自己把车送过来呢?"他问道,"别再婆婆妈妈了。"

那个皮肤黝黑的女人在我的身旁发出了一句含糊的声音。

"没事的,亲爱的,"男人说,"我来处理,继续。"

她从我们俩身边一溜烟地钻进了珠帘后面。

我等了一会儿,大个子站在那里纹丝不动,活像是一只癞蛤蟆在静静地晒太阳。

"他不能自己送车了,他被人杀死了。"我说,"我来看看你想怎么处理这件事。"

"是吗?"他说,"你把他带来了吗?怎么能证明你说的是实话呢?"

"没有,"我说,"但如果你系上领带,戴上帽子,我会带你去给你看看的。"

"你刚才说你是谁?现在再说一遍。"

"我没说,我想你会看懂的。"我把名片朝前递了递,拿给他看。

"哦,是的。"他说,"菲利普·马洛,私家侦探。嗯,好吧。看来我应该和你一起去看看究竟是谁借走了车,为了什么?"

"也许是他偷了车。"我说。

大个子点了点头。"有道理,或许是他干的,他是谁?"

"一个棕色皮肤的矮个子,钥匙在他兜里,他把车停在伯格伦德公寓大楼的拐角处。"

他想了一下,没有丝毫的尴尬。"你手头有点把柄,"他说,"但不多,一点点。我估摸今晚一定是警察们的吸烟大聚会,所以你是在给他们帮忙。"

"是吗？"

"我看你名片上写着私人侦探，"他说，"是不是门外有警察，而他们不好意思进来？"

"没有，就我一个人。"

他咧嘴一笑，晒得黑黝黝的脸上露出一排洁白的牙齿。"你是说你发现有人死了，你拿走了钥匙，然后又找到了一辆车，独自一人把车开到这里，没有警察。我说得对吗？"

"正是如此。"

他叹了口气。"我们进屋去吧。"他说。他把珠帘撩到一边，给我打开一个进去的通道。"看来你有一个不错的想法，我应该听听。"

我从他身边走过。他转过身来，揣着手的衣袋依然对着我。直到我离他很近的时候，我才注意到他脸上有汗珠，可能是因为这灼热的大风，但我并不这么认为。

我们来到了这栋房子的客厅里。

我们坐下来，在黑色的地板的两端看着对方。地板上铺着纳瓦霍地毯和黑色的土耳其地毯，还有一些很好用的软垫家具。客厅里还有一个壁炉、一架小型钢琴、一个中式屏风，高高的柚木灯座上挂着一盏中国灯笼，百叶窗上挂着金色的格子窗帘。朝南的窗户敞开着，一棵被粉刷得雪白的果树在窗外随风摇摆，给大街对面的噪声增添了几分节奏。

大个子放松地靠在织锦包裹的椅子里,穿着拖鞋的双脚搭在脚凳上。自从我见到他,他一直把右手放在原来的地方,握着枪。

那女的在昏暗的地方走来走去,我耳朵里传来了远处酒瓶撞击的声音,以及她耳朵上铃铛发出的叮当声。

"没事的,亲爱的,"男人说,"一切尽在掌控之中。有人杀了人,这个小伙子觉得我们会对这件事感兴趣,只是坐下来放松一下。"

女人昂着脖子,一口气把半杯威士忌灌了下去。她叹了口气,随意地说了一句:"该死的。"然后蜷缩在沙发上。她的腿很粗,把整个沙发都占满了,她闪亮的趾甲似乎在角落里朝我眨眼睛。此后,她一直躺在那里,很安静。

他并没有朝我开枪。我拿出了一支香烟点上,接着讲我要说的事情。我讲的不全是事实,但其中有些是。我跟他们提到了伯格伦德公寓,说我就住在那座公寓,沃尔多也住在那座公寓,就在我楼下的301房间,因为工作的原因,我一直在监视着他。

"什么沃尔多?"金发男人打断了我,"什么工作原因?"

"先生,"我说,"你没有秘密吗?"此时,他的脸开始微微泛红。

我跟他说了关于伯格伦德公寓对面的酒吧发生的事情,但我没有提及穿着印花开襟外套的女孩,我把她从整个故事中完全排除了。

"从我的角度来说,这是一项秘密的工作,"我说,"不知你是否明白我的意思。"

他的脸又一次红了,牙关紧咬着。我继续说:"在市政厅,我没有告诉任何人我认识沃尔多。我料到他们查不出沃尔多住在哪里。就在这个时候,我擅自搜查了他的公寓。"

"找什么呢?"大个子声音沙哑。

"找几封信。顺便提一句,他房间里什么都没有——除了一具尸体,被一条皮带勒住,吊在壁床上,不容易被发现。那个人个子不高,约莫四十五的样子,墨西哥人或南美人,穿着考究,身着一件黄褐色的……"

"够了,"大个子说,"我来问你吧,马洛,你是不是在干敲诈勒索的勾当?"

"是啊,滑稽的是这个棕色的小个子胳膊下藏着一把枪。"

"当然,他口袋里不会装着二十来张五百美元钞票,你说呢?"

"他不会的,但沃尔多在酒吧被枪击时,身上有七百多块现金呢。"

"看来我低估了这个沃尔多,"大个子平静地说,"他杀了我的人,拿走了他的酬金,还有枪和其他一切。沃尔多有枪吗?"

"他身上没有。"

"给我们来一杯喝的,亲爱的,"男人说,"是的,我的确低估了沃尔多,把他看得比特价柜台的一件廉价衬衫还便宜。"

那女人松开腿,走出去调了两杯酒,加了苏打水和冰块。她自己的那一杯什么也没加。之后她又回到了沙发上,那双闪闪发亮的黑色大眼睛严肃地注视着我。

"好吧,就是这么回事,"大个子说着,举起酒杯向我致意,"我没有杀任何人,但从现在起,我手头将有一个离婚诉讼案子。按照你说的,你也没有杀任何人,但你在警察总署搞砸了。真是见鬼了!不管你怎么看待,生活中总会有很多麻烦,好在我还有亲爱的陪着我。她是我在上海遇到的一个白俄罗斯人,她看起来好像可以为了五美分割断你的喉咙,但实际上她像保险库一样安全。我就喜欢她这一点,你可以享受无限魅力而又没有任何风险。"

"你他妈的在说什么?"那女人朝他吐了一口唾沫。

"你看起来不错,"大个子继续说着,并没有理会她,"也就是说,作为一名私家侦探,有没有办法能让我脱身?"

"有啊,但那得花一点钱。"

"我早就料到了,多少?"

"五百。"

"该死的,这热浪快要把我烧成灰了。"白俄罗斯姑娘痛苦地说。

"五百可以,"那个金发男人说,"我能得到什么?"

"如果我从中斡旋，你就能跟这件事毫无关系，如果你不付钱，那我是不会这么干的。"

他仔细考虑了一下，此时，脸上写满了愁容与倦怠，一滴滴小汗珠在他金色的短发间闪闪发光。

"这桩谋杀案会让你招供的，"他嘟囔着，"我是说第二桩谋杀案，这样的话，我的钱就花得不值，如果能摆平这事，我宁愿直接掏钱。"

"那个棕色皮肤的小个子是谁？"我问道。

"他的名字叫利昂·瓦伦萨诺斯，乌拉圭人，是另外一个我带回来的人。我做一桩生意，需要跑很多地方。他在切泽尔郡的斯佩齐亚俱乐部工作，你知道的，紧挨着贝弗利山庄的日落大道，我想他大概是在轮盘赌桌上工作的。我给了他五百块，让他去找这个沃尔多，把科尔琴科小姐买东西记在我账上的那些账单带回来，然后送到我这里。这样做很不聪明，不是吗？我之前把账单放在公文包里，被沃尔多趁机偷走了，你对这一切是怎么想的呢？"

我抿了一口酒，抬起头，目光朝下看着他。"你的乌拉圭朋友可能语气粗暴，沃尔多听得不顺耳。然后那个矮个子家伙觉得那把毛瑟枪会帮助他解决争论——而沃尔多动作比他更快。我并不觉得沃尔多是个杀手——至少他不是蓄意的，也不大可能是勒索。也许是他发脾气了，也许他只是掐住那个矮个子家伙的脖子时间太久了，于是他不得不潜逃。但他还有一个约会,这个约会能给他带来更多的钱。所以他在附近寻找他约会的对象。他无意中碰见了一个仇人,这个人喝得醉醺醺的,把他枪杀了。"

"这件事有太多的巧合。"大个子说。

"都是因为这灼热的狂风吧,"我咧嘴笑了,"今晚每个人都很疯狂。"

"五百美元,你什么都保证不了吗?如果我得不到掩护,你就不会得到这笔钱,是这样吗?"

"正是如此。"我微笑着对他说。

"的确很疯狂,"他说着,一口气干了杯子里的酒,"不过我赞同你说的。"

"还有两件事,"我身体前倾,缓缓地说,"沃尔多当时开了一辆逃逸用的车。车就停在他被谋杀的那个酒吧外面,发动机没有熄火。后来,车被凶手开走了。按照这个思路,我们还有机会拿回我们的东西。你懂的,沃尔多所有的东西一定都还在那辆车里。"

"包括我的账单,还有你的信件。"

"是啊。但是警察处理这样的事情都是比较理性的,除非你愿意被曝光。如果你不愿意的话,我想我可以在闹市区做点手脚,事情就过去了。如果你愿意被曝光的话——那就是我要说的第二件事,你刚才说你叫什么名字?"

过了很长时间，他才回答我。听到他的名字的时候，我并没有想象的那样兴奋。瞬间，一切都变得合乎逻辑了。

"弗兰克·C·巴萨利。"他说。

过了一会儿，那个白俄罗斯姑娘给我叫了一辆出租车。当我离开的时候，街对面的派对还在狂欢着。我注意到举行派对的那座房子的墙壁仍然矗立着还没被推倒，看起来似乎是一件遗憾的事情。

六

当我打开伯格伦德公寓的玻璃门的时候，我感觉到有警察在这里。我看了看手表，快到凌晨三点了。在大厅的黑暗角落处，一个男人坐在椅子上打盹儿，脸上还盖着一张报纸，一双大脚伸到前面。报纸的一角抬起了约一英寸，又放了下去，再没有别的动静了。

我穿过大厅走到电梯口，乘坐电梯到四楼。我轻手轻脚地穿过走廊，打开锁，推开门，伸手去开电灯开关。

拉线开关"咔吧"一声，安乐椅旁边的一盏立式台灯就发出了耀眼的光芒。远处牌桌上的棋子仍散落着。

库帕尼克坐在那儿，咧着嘴，表情僵硬。皮肤黝黑的矮个子伊巴拉，坐在他的对面、我的左边，沉默不语，像往常一样似笑非笑。

库帕尼克露出他满嘴马牙一样的大黄牙，说："嗨，好久不见，出去泡妞啦？"

我关上门，摘下帽子，慢慢地擦着颈背，擦了一遍又一遍。库帕尼克仍然咧着嘴，伊巴拉温柔的眼神漫无目的地晃动着。

"坐下吧，伙计。"库帕尼克慢吞吞地说，"就像在自己家一样。我们开个小会，兄弟，我很讨厌像这样的夜晚侦查。你知道吗？你的烈酒不多了。"

"我猜到了。"我说着，身体斜靠在墙上。

库帕尼克一直在咧着嘴笑。"我一直讨厌私人侦探，"他说，"但我从来没有像今晚一样，能有机会和你较量。"

他懒洋洋地俯身伸手去拿椅子旁边的那件印花开襟夹克，然后把它扔到牌桌上，又伸手拿起宽边帽子放在了夹克的旁边。

"我敢打赌，你他妈穿上这些看起来会更可爱。"他说。

我搬了一把直背椅，把它转过去，然后叉开腿横跨了上去，我的双臂交叉在椅子上，眼睛看着库帕尼克。

他缓缓地站起身——动作相当缓慢，走过客厅，站在我面前，捋了捋外套。然后他举起张开的右手，一巴掌打在我脸上——重重的一击。顿时我感到脸上剧痛，但我还是没有动。

伊巴拉一会儿看着墙壁，一会儿看着地板，又似乎什么都没有看。

"你真无耻，伙计。"库帕尼克懒洋洋地说，"你这样用心地处理这件没人知道的好东西,还塞在你的旧衬衫下面。你们这些无聊的侦探,简直让我恶心。"

他在我身边站了片刻,我没有动一下,也没有说话。我盯着他那呆滞的、像酒鬼一样的眼睛。他一只手紧握着拳头,然后耸了耸肩,转身回到了椅子上。

"好吧,"他说,"其余的留给你。你从哪儿弄来这些东西的?"

"这些是一位女士的。"

"说实话,这些是一位女士的,说得倒轻巧,你这个混蛋!我来告诉你这些是哪个女士的,是那个叫沃尔多的家伙——被枪击致死的两分钟前他在街对面的酒吧里打听的女士。你是不是忘了?"

我一句话也没说。

"是你自己对她很好奇,"库帕尼克带着讥笑的表情说,"但是你很聪明,伙计。你骗了我。"

"那并没有让我变聪明。"我说。

他的脸变得扭曲起来,准备站起身。伊巴拉突然笑了,他笑得很温和。库帕尼克的目光转向了他,紧紧地盯着他,随后又再次转向我,眼神似乎平和了一些。

"那个黑仔喜欢你,"他说,"他觉得你很好。"

伊巴拉脸上的笑容立刻消失了,变得面无表情,一点也没有。

库帕尼克说:"你一直知道那个女人是谁,你知道沃尔多是谁,他住在哪里。就在你下面一层走廊对面的房间。你知道这个沃尔多杀了人,然后开始潜逃。他急于在离开之前和这个娘儿们见一面,只是他再也没有机会了。一个来自东部,叫阿尔·特瑟洛尔的劫匪了结了他,也了结了这件事。所以你就见到了那个女孩,藏了她的衣服,送她回去,把你的诡计掩盖起来。这就是像你这样的人捞钱的方式。我说的没错吧?"

"是的,没错,可我是最近才知道这些事情的,沃尔多是谁?"我说。

库帕尼克朝我咧着嘴,蜡黄色的脸颊上露出几个红色斑点。伊巴拉低头看着地板,轻轻地说:"沃尔多·拉蒂根。我们通过电传从华盛顿得到的消息。他是一个盗贼,身上有几个小案子。他开着一辆车在底特律抢了一家银行,后来因供出了团伙而使他免于起诉,团伙中的另一人就是这个特瑟洛尔。他什么也没说,但我们认为街对面的相遇纯属偶然。"

伊巴拉刻意调整自己的声音,听起来温和又轻柔,似乎有某种含义。我说:"谢谢你,伊巴拉。我可以抽支烟吗——库帕尼克不会一脚把烟从我嘴里踢掉吧?"

伊巴拉突然笑了起来,说:"你当然可以抽烟。"

"黑仔确实喜欢你,"库帕尼克说,"你永远搞不懂黑仔会喜欢什么,不是吗？"

我点了一支烟。伊巴拉看着库帕尼克，非常温和地说："黑仔这个词——你用过头了，我不喜欢把这个词用在我身上。"

"见鬼去吧，管你喜欢什么呢，黑仔。"

此时，伊巴拉脸上的笑容更多了一些。"你在犯错误。"他说着，从口袋里掏出一把指甲刀，剪起了指甲，眼睛向下看着。

库帕尼克大声吼道："我从一开始就觉得你不对劲，马洛，所以，我们在抓这两个劫匪时，我和伊巴拉觉得要慢慢来，多问你几个问题。我带了一张沃尔多在太平间的照片——拍得不错，眼睛正对着光，领带笔直，口袋里正好有一条白色手帕，照片拍得很好。在后续调查过程中，按照常规，我们找到这里的经理，让他辨认照片，而他正好认识那个家伙。他说他叫赫梅尔，住在301公寓。然后我们进了公寓，发现了一具尸体。接着我们搜查了一遍又一遍，没人认识他。但死者被勒住的脖子上有一些淤青的指纹，和沃尔多的指纹完全吻合。"

"这一点很重要。"我说，"不然我还以为是我谋杀了他呢。"

库帕尼克盯着我看了很久。他脸上已经没有了笑容，只剩下一副冷酷的面孔。"是啊，我们还有别的成果呢。"他说，"我们找到了沃尔多逃跑时开的车——以及车里的东西。"

我吐了一口烟圈，狂风拍打着紧闭的窗户，房间里的空气很污浊。

"哦,我们都是聪明人,"库帕尼克冷笑道,"我们没想到你这么大胆,看看这个。"

他把瘦骨嶙峋的手伸进上衣口袋,慢慢地掏出什么东西举到牌桌边上,然后放到绿色的桌面上,平展在那里,闪闪发光。是一串带有像双叶螺旋桨一样的卡扣的白色珍珠,在烟雾弥漫的空气中发出柔和的亮光。

萝拉·巴萨利的珍珠,那个飞行员送给她的珍珠,飞行员死了,但她依然爱着他。

我看着那串珍珠,一动不动。良久之后,库帕尼克严肃地说:"很漂亮,不是吗?马洛先生,你现在想跟我们讲一讲这件事吗?"

我站起来,把椅子朝后推了推,慢腾腾地走到牌桌前,站在那里看着珍珠。最大的一颗直径大约有三分之一英寸,都是纯白色,闪闪发光,圆润柔和。我慢慢地把她衣服旁边的珍珠拿起来,摸着沉甸甸的,光滑而又精细。

"很好看。"我说,"可它引起了太多的麻烦。嗯,我现在就来说说。这串珍珠一定值不少钱。"

伊巴拉在我身后笑了,笑得很轻柔。"大约一百美元,"他说,"不错的赝品——但的确是赝品。"

我再次拿起珍珠,库帕尼克依然目光呆滞,幸灾乐祸地看着我。"你是怎么辨别的?"我问道。

"我懂珍珠,"伊巴拉说,"这串珍珠很不错,为了保险起见,女人们往往故意打造这样的珍珠,这些珍珠像玻璃一样光滑。真正的珍珠在牙齿边有砂砾般的感觉,来试试。"

我拿了两三颗放在牙齿之间,来回移动牙齿,然后放到一侧继续试。并不能完全咬得住,这些珠子坚硬而又光滑。

"是的,这些珍珠都打造得很好,"伊巴拉说,"有些甚至有小小的波纹和斑点,就像真正的珍珠一样。"

"这串珍珠能值一万五千块吗——如果是真的?"我问道。

"可能吧,先生,那很难说,这取决于很多因素。"

"这个沃尔多还不算太坏。"我说。

库帕尼克迅速站起来,但我没注意他的动作。我仍然在低头看着那些珍珠。他一拳打在我的脸上,贴着白齿,我的嘴里立刻出血了。我摇摇晃晃地往后退,假装被打了比这更狠的一拳。

"坐下来说,你这个混蛋!"库帕尼克几乎是贴着我的耳朵小声说。

我坐下来,用一块手帕摁住我的脸颊,舌头舔了一下嘴巴里的伤口。然后我站起来,走过去捡起他从我嘴里打落的烟头,在烟灰缸里掐灭后,又坐了下来。

伊巴拉在修指甲,举起一根手指在灯下打量着。汗珠从库帕尼克的眉宇间滑落。

"你是在沃尔多的车里发现的这串珍珠,"我看着伊巴拉说,"找到什么文件了吗?"

他摇摇头,看都没有看我一眼。

"我相信你。"我说,"事情是这样的,在沃尔多晚上走进酒吧打听那个女孩之前,我从来没有见过他,我所知道的之前都说过了。当我回到公寓,一出电梯口,就碰到了那个女孩,她穿着蓝色绉绸连衣裙,外面套着一件印花短夹克,头上是宽边草帽——跟沃尔多描述的完全吻合——她在等电梯,就在我的楼层。她看起来是个不错的女孩。"

库帕尼克轻蔑地笑了,这对我没有任何影响。他完全听我的,他想要的就是知道真相,他很快就会知道的。

"我知道她作为证人会被传唤的。"我说,"我怀疑这件事还有蹊跷,但我丝毫没有怀疑过她有什么问题。她只是一个陷入困境的好姑娘——她甚至不知道自己陷入了困境。我把她带到这里,她掏出枪指着我,但她并不是真的要那样做。"

库帕尼克猛地坐起来,舔了舔嘴唇,脸上露出一副冷酷的表情,面如死灰,默不作声。

"沃尔多曾是她的司机,"我继续说,"当时他的名字叫约瑟夫·科茨,她则是弗兰克·C·巴萨利夫人,她丈夫是一位水电工程师。有人曾经送给她这串珍珠,她告诉丈夫说这串珍珠是商店能买到的假货。沃尔多和这位女士关系暧昧,巴萨利从南美洲回来后,觉得沃尔多太英俊,就把他解雇了。沃尔多也很聪明,走的时候顺便偷走了珍珠。"

伊巴拉突然抬起头,开口问道:"你的意思是他不知道这串珍珠是假的?"

"我想他是把真的珍珠卖出去了,然后买了一件赝品。"我说。

伊巴拉点头。"这很有可能。"

"他还偷走了别的东西,"我说,"巴萨利的公文包里的东西,而这些东西能证明他养了一个情妇——就在布伦特伍德。沃尔多同时勒索这夫妇俩,而他们都不知道对方的秘密,现在明白了吗?"

"我明白了,他妈的继续说。"库帕尼克从牙缝中挤出几个字,厉声喝道。他的脸上依然汗津津的,面如死灰。

"沃尔多不怕他们俩,"我说,"他没有隐瞒他的住址,真是太傻了。但是,如果他愿意冒这个险,他会收获不少的,也就不用去诈骗别人了。那天晚上,那个女孩带着五千块钱来到这里,想要买回她的珍珠,但她没有找到沃尔多。她先到了四楼,再走下去,女人的想法总是那么讳莫如深,所以我就遇见了她,然后把她带到这儿。接着,当阿尔·特瑟洛尔来这里想要杀人灭口的时候,她就在更衣室里。"我指了指更衣室的门,"她掏出枪,击中他的背部,救了我的命。"我说。

库帕尼克坐在那里，纹丝不动，脸上露出了恐怖的表情。伊巴拉把他的指甲刀放进一个小皮包里，然后慢慢地把小皮包塞到衣兜里。

"就这些吗？"他轻声问。

我点了点头。"还有，她告诉了我沃尔多的住处，我进去寻找那串珍珠，却发现了那个死人。在他的口袋里，我发现了一个帕卡德汽车经销商的钥匙套，里面装着一把崭新的车钥匙。沿着街道，我找到了那辆帕卡德车，把它开回去还给了车主，发现巴萨利确实养着一个情妇。巴萨利从斯佩齐亚俱乐部找了一个朋友去帮他买他要的东西，那个朋友试图用枪，而不是用巴萨利给他的钱去买。结果那家伙被沃尔多打死了。"

"就这些吗？"伊巴拉又轻声问道。

"就这些。"我回答说，并舔了舔嘴巴里的伤口。

伊巴拉缓缓地说："你想要什么？"

库帕尼克的脸因为愤怒而变得扭曲，他拍着自己又长又结实的大腿，冷嘲热讽地说："这家伙不错，他完全走入了歧途，几乎触犯了所有法律，你却问他想要什么？我来给他他想要的东西，黑仔！"

伊巴拉慢慢地转过头，看着他，说："我觉得你不会，我想你会保证他安全并给他他想要的一切，他在给你上课，一节警察工作课。"

库帕尼克坐在那里一动不动，久久没有出声。我们谁也没有动。

随后库帕尼克俯身向前，他的外套散落到椅子上，他胳膊下的配枪从枪套里露出了影子。

"那你想要什么？"他问我。

"牌桌上的东西——夹克、帽子和那串假珍珠，还有一些人的名字不能见报。是不是我要求的太多了？"

"是的，太多了。"库帕尼克近乎轻柔地说。他侧了一下身体，那把枪正好滑落到手里。他把胳膊肘抵在大腿上，枪口指着我的腹部。

他说："我更希望你有胆量拒捕，因为我抓捕阿尔·特瑟洛尔的报道，以及抓捕的过程连同我的照片明天都会登上报纸，我更喜欢那样，更愿意你活不到看到那篇报道的时候。"

我突然感到口干舌燥，远处传来狂风的呼啸声，听起来如同枪声一般。

伊巴拉在地板上移动着脚步，冷冷地说："你已经处理了好几个案子，警官。你现在要做的只是在这里少说一些废话，并在报纸上少出现几个名字。也就是说，如果司法局知道了这些名字，对你来说可不是什么好事。"

库帕尼克说："我倒愿意那样。"他手中蓝色的枪就像一块小石子，"如果在这件事上你不帮我的话，上帝会帮你的。"

伊巴拉说："如果那个女人被曝光了，你就会在警方的报告中成为骗子，同时也欺骗了你的同伴。一周后，他们甚至不用在总署提起你的名字，这样的事情也会使他们感到恶心的。"

库帕尼克手里依然玩弄着枪，枪的击锤碰撞着枪壳，我看到他的大拇指向扳机滑了过去。

伊巴拉站了起来，举着枪对准库帕尼克，说："我们来看看黑仔到底有多大胆子，山姆，我现在叫你把枪收起来。"

他脚下动了动，然后又挪了四步。此时的库帕尼克大气儿都不敢喘一下，就像一尊雕塑。

伊巴拉又靠近了一步，枪突然开始晃动起来。

伊巴拉心平气和地说："把枪收起来，山姆，如果你还想保住你的脑袋的话；如果你不收——你将必死无疑。"

他又靠近了一步，库帕尼克张大了嘴，发出一声急促的喘息，然后瘫倒在椅子上，仿佛被击中了头部，眼皮耷拉了下来。

伊巴拉迅速把枪从他的手里抽出，动作快得就像什么都没发生一样。然后他快速后退，手握着枪贴在身体一侧。

"都怪这股热风，山姆，算了吧。"他用同样平静、近乎优美的声音说。

库帕尼克的肩膀下垂，他用双手捂住脸，指缝间传出了他的声音，"好吧。"

伊巴拉悄悄地穿过房间，打开门，半眯着眼睛慵懒地看着我，说：

"我也会为一个救了我命的女人付出一切。虽然我这样做了，但作为一个警察，你别指望我会喜欢这么做。"

我说："吊死在床上的矮个子男人叫利昂·瓦伦萨诺斯，是斯佩齐亚俱乐部赌场的管理员。"

"谢谢。"伊巴拉说，"我们走吧，山姆。"

库帕尼克费劲地站起身来，穿过房间，出了门，消失在我的视线中。伊巴拉跟在他身后走出去，关上了门。

我说："等一等。"

他缓缓地转过头来，左手扶在门上，低垂的右手仍然握着那把蓝色的枪。

"我不是为了钱而卷入这件事的，"我说，"巴萨利夫人住在弗里蒙特大街212号，你可以把珍珠带给她。如果巴萨利的名字不被曝光，我将得到五百美元，我会把这笔钱捐作警察基金。我不像你想的那么聪明。只是事情就这样发生了——并且你的搭档是一个卑鄙小人。"

伊巴拉的目光穿过房间，落到牌桌上的那串珍珠上，他的眼神泛着亮光。"你拿走吧，"他说，"那五百美金就算了，我想警察基金自会有源头。"

他轻轻地关上了门。不一会儿，我听到了电梯门"叮当"的响声。

七

我打开一扇窗户，把头伸到窗外的风中，看着警车沿着街区离开。风吹得很带劲，我任由它吹进来。一幅画从墙上掉了下来，两颗棋子从牌桌上滚落而下。萝拉·巴萨利的开襟夹克也随风飘起，不停摇摆。

我来到小厨房，喝了点苏格兰威士忌，接着又回到起居室，虽然有点晚了，但我还是拨通了她的电话。

她本人接的电话，非常迅速，声音里没有倦意。

"我是马洛，"我说道，"好的，你那里情况如何？"

"嗯……嗯，"她说道，"就我一个人。"

"我发现了一些东西，"我说道，"或者不如说是警察发现的。不过，那个皮肤黝黑的家伙欺骗了你。我这里有一串珍珠，是假的，我猜他把真的卖了，然后用你的搭扣，给你编了一串假的。"

她沉默良久，接着以微弱的声音说道："警察发现的？"

"在沃尔多的车子里发现的，但是他们不会对外公开这件事，我们达成了一个协定。看看明天早上的报纸，你就能搞清楚原因了。"

"看起来不需要再说别的了，"她说道，"我可以保留那个搭扣吗？"

"当然可以。那就明天四点在绅士俱乐部酒吧里见我，可以吧？"

"你真是太周到了，"她拉长声调轻声说道，"我可以的。弗兰克还在开会。"

"那些会议——足以摧毁一个男人。"我说。接着,我们互相告别。

我拨通了一个西洛杉矶的号码。他还在那里,跟那个白俄罗斯女孩在一起。

"早上你可以给我寄一张五百块的支票,"我告诉他,"如果你愿意的话,就写上寄给警察救助基金吧,因为支票就是要送到那里的。"

库帕尼克登上了晨报的第三版,配有两张照片和大半块专栏。301公寓的那个棕色小个子男人压根儿没上报纸,可见公寓联盟协会也还是有很好的游说能力的。

早饭后我出门时,风已经停息了。天气柔和凉爽,还有点薄雾。天空低垂,天色灰白,让人备感舒适。我开车来到大街上,挑了一家最好的珠宝店,将一串珍珠放到蓝白色日光灯下的黑天鹅绒垫子上。一个身着燕子领衬衫和条纹裤子的男人低头看了看这串珍珠,好像并不太感兴趣。

"看看我这条珍珠成色怎么样?"我问道。

"对不起,先生,我们不做鉴定。不过,我可以告诉您鉴定师的名字。"

"别逗我了,"我说道,"这可是荷兰货。"

他把灯压低了一些,弯下腰,照着那串珍珠随意扫了两眼。

"我想要一串这个样式的珍珠,接到这个搭扣上,而且马上就要。"我补充道。

"好，跟这个一样？"他头都没抬，"它可不是荷兰货，而是波希米亚货。"

"好……吧，你们能仿制吗？"

他摇了摇头，将天鹅绒垫子推到一边，生怕被这东西玷污了一般。"或许需要三个月时间。在我们国家不吹制这种玻璃。如果你想要和这一模一样的东西——至少需要三个月时间。而且我们这家店根本不做这种活儿。"

"这么傲慢自大，证明肯定是家一流店。"我说。接着，我将一张卡片塞到他的黑色衣袖下面。"把愿意仿制的人的名字给我——而且不是三个月完成——未必非要完全相同。"

他耸了耸肩，拿着卡片走了。五分钟后，他回来了，将卡片递还给我。卡片的背面写了些字。

我到了梅尔罗斯路，有个老黎凡特人在这里开了一家旧货店，店中的橱窗里摆满了各种各样的物件，从婴儿折叠车到法国号角，从装在褪色的豪华匣子中的珍珠母长柄望远镜到"特别单独行动"时使用的点四四六发式左轮手枪。现如今西部治安员还使用这种定制枪支，他们的祖父个个都很彪悍。

老黎凡特人戴着一顶无檐便帽，挂着两副眼镜，留着络腮胡。他仔细看了看我的珍珠，遗憾地摇了摇头，说道："二十美元一串的珍珠就跟这个差不多了。不过,你懂的,没有这么好。玻璃没有这么好。"

"它们看起来有几分像呢?"

他摊开他那结实有力的双手。"我给你说实话,"他说道,"它们连孩子都糊弄不了。"

"照着做一件吧,"我说,"就用这个搭扣。当然,其他那些珍珠还得还给我。"

"好的,两点钟来取。"他说道。

那个来自乌拉圭的棕色小个子利昂·瓦列萨诺斯登上了下午的报纸,有人发现他在一个无名公寓里上吊了。警方目前正在调查之中。

四点钟,我走进了绅士俱乐部里那个又长又酷的酒吧。我沿着一排吧台椅来回找位子,直到发现有个位子上只坐了一个女人。她头戴一顶如浅汤盘一样的宽檐帽子,身穿量身定做的咖啡色套装,还配有非常男性化的衬衫和领带。

我在她的身边坐了下来,顺着座位推给她一个小包。"不用打开,"我说道,"事实上,如果你乐意的话,你可以原封不动地把它丢进焚烧炉里去。"

她用她那疲惫的黑眸看着我,手指摆弄着一个散发着薄荷味的细玻璃杯。"谢谢。"她的脸色非常苍白。

我点了一杯苏打威士忌,侍者离开了。"看报纸了吗?"

"看了。"

"你现在了解这个抢你功劳的家伙库帕尼克了吧?这就是为什么他们没有改编这个故事,或者说没有把你卷进来。"

"现在已经无关紧要了,"她说道,"不过还是要谢谢你。请……请打开给我看看。"

我从口袋里那团随意裹起来的包装纸中拿出那串珍珠,推到她面前。银质的螺旋桨搭扣在壁灯的光芒下闪烁着。小钻石也闪闪发光。不过,那些珍珠却像白肥皂一样毫无光泽,甚至连大小尺寸都不匹配。

"没错,"她沉闷地说道,"这不是我的珍珠。"

侍者端着我的酒过来了,而她熟练地将她的包盖在珍珠上。侍者离开后,她又慢慢地用手指拨弄了一番,接着把它们扔进包里,冲我干巴巴地笑了笑。

我在那里站了一会儿,一只紧紧攥着的手放在桌子上。

"如你所说——我会留着这个搭扣的。"

我慢慢地说道:"你一点儿也不了解我。你昨天晚上救了我一命,而且我们一起待了一段时间,但只是那么一小会儿,你还是不了解我。城里有一个叫伊巴拉的侦探,他是一个品性优良的墨西哥人。在沃尔多行李箱中找到这些珍珠的时候,他正在执勤。换句话说,假使你想去证实……"

她说道:"别傻了。都结束了。都已经成了记忆了。我还年轻,不能总想着那些过去的事。或许这是最好的办法。我喜欢斯坦·菲利普斯——但是他已经走了——走了很久了。"

我望着她,什么也没说。

她平静地补充道:"今天早上我丈夫跟我说了些我不知道的事情。我们要分开了。因此,我今天没有什么可笑的。"

"非常抱歉,"我讪讪地说道,"没什么要说的了。我以后可能会见到你,可能见不到了,但我不会进入你的圈子的。祝你好运。"

我站了起来。彼此对视了片刻。"你还没喝这酒呢。"她说道。

"你喝吧。那种薄荷味的东西只能让人难受。"

我把手放在桌子上,在那里站了一会儿。

"如果有任何人打扰你,"我说道,"请告诉我。"

我头也不回地走出了酒吧,钻进我的汽车,在黄昏大道上向西驶去,一路开往海岸公路。沿途的花园里到处都是枯萎或变黑的叶子和花朵,那都是被热风灼烧的。

但是大海还和往常一样,凉爽而懒散。我继续行驶,快开到马力布的时候停下车,我下了车,坐在一块铁丝网围着的巨石上。

潮水正在上涨,大约涨到一半了,空气中充满着海藻的味道。我看了一会儿潮水,接着从口袋里掏出一串波希米亚人造玻璃珍珠,剪断一端的绳结，让珍珠一颗颗滑落。

所有这些散落的珍珠都在我的左手里时，我就那样握了一会儿，思潮起伏。事实上也没有什么要考虑的，这一点我确信。

"为了纪念斯坦·菲利普斯先生，"我大声说道，"只不过又是一个骗子。"

我看着那些漂浮在海面上的海鸥，把她的珍珠一颗颗地弹入大海。

珍珠激起小小的水花，而海鸥从海面飞起，朝着那些水花俯冲下去。

图书在版编目（CIP）数据

金鱼／（美）雷蒙德·钱德勒著；刘苏周译．——上海：上海文艺出版社，2020（2021.11重印）
（域外故事会侦探小说系列．第一辑）
ISBN 978-7-5321-7479-9

Ⅰ．①金… Ⅱ．①雷… ②刘… Ⅲ．①侦探小说－小说集－美国－现代 Ⅳ．①I712.45

中国版本图书馆CIP数据核字（2020）第061622号

金鱼

著　　者：[美]雷蒙德·钱德勒
译　　者：刘苏周
责任编辑：蔡美凤
装帧设计：周艳梅
责任督印：张　凯

出　　版：上海文艺出版社
出　　品：上海故事会文化传媒有限公司
　　　　　（201101 上海市闵行区号景路159弄A座3楼　www.storychina.cn）
发　　行：上海文艺出版社发行中心
　　　　　（上海市闵行区号景路159弄A座2楼206室）
印　　刷：上海中华印刷有限公司
开　　本：889毫米x1194毫米　1/32　印张7.125
版　　次：2021年2月第1版　2021年11月第2次印刷
Ｉ Ｓ Ｂ Ｎ：978-7-5321-7479-9/I·5952
定　　价：35.00元

版权所有·不准翻印

上海故事会文化传媒有限公司 出品（01007）www.storychina.cn

想看更多精彩故事？
扫码下载故事会APP

上海故事会文化传媒有限公司所有图书可办理邮购，免收邮费（挂号除外）
汇款地址：上海市闵行区号景路159弄A座2楼206室（201101）
收款人：上海故事会文化传媒有限公司出版发行部
联系电话：021-53204159
如发现本书有质量问题，请与印刷厂质量科联系 T：021-60829062